趙麗宏文学作品

朗朗書房

北京朗朗书房出版顾问有限公司
荣誉出品

阳光穿过树林

赵丽宏文学作品 卷11
Works by Zhao Lihong on Literature

散文卷·绘画隽永篇

赵丽宏 著

中国出版集团
现代出版社

图书在版编目（CIP）数据

阳光穿过树林 / 赵丽宏著 . -- 北京：现代出版社，2014.8
（赵丽宏文学作品；11）
ISBN 978-7-5143-2568-3

Ⅰ. ①阳… Ⅱ. ①赵… Ⅲ. ①散文集－中国－当代 Ⅳ. ①I267

中国版本图书馆 CIP 数据核字（2014）第 164172 号

阳光穿过树林

作　　者　赵丽宏
责任编辑　肖云峰
特约编辑　王佳碧
出版发行　现代出版社
通讯地址　北京市安定门外安华里 504 号
邮政编码　100011
电　　话　010-64267325　64245264（传真）
网　　址　www.1980xd.com
电子邮箱　xiandai@cnpitc.com.cn
印　　刷　北京兴湘印务有限公司
开　　本　650mm × 970mm　1/16
印　　张　18.5
版　　次　2014 年 8 月第 1 版　2014 年 8 月第 1 次印刷
书　　号　ISBN 978-7-5143-2568-3
定　　价　36.80 元

……**致读者**

……**赵丽宏：静水流深**

出版人　呼延华

至性情怀逸洒人间，如椽劲笔抒写春秋。

赵丽宏先生，自梦想起微，或农耕田野，或行走山川；或泛舟书海，或沉浸乐律；或意兴书艺，或撷趣简笔；或际友文坛，或独坐静思。无论身处文革乱世中的黑白颠倒，八十年代文化思想的狂热，还是九十年代商品化大潮冲击下的价值迷失，抑或世纪之初经济崛起过程中的道德缺席，他恒守真善美，不懈追求光明。童心、青春，大地、故土，命运、灵魂，人世的欢与悲，生活的爱与痛，艺术的变与止，都在他那支笔下粲然生辉。亲情的微语、时代的回响、历史的脚印、远古的叹息、异乡的天籁、人迹和自然……四十年行笔，一声声浅吟低唱，在他的作品中宛如清溪穿行于葱茏密林，曲调悠远。

啼鸟鸣春，人间回暖。作家灵感的羽翼，或翱翔于无尽的天际，或栖息于沉默的怀抱。赵丽宏的早期散文，如破冰春风，倏然而至。刻画往事的艰辛，畅叙青春的激扬，用语谦冲平和，文风隽永真挚。《小鸟，你飞向何方》里钟情泰戈尔的小女孩，《雨中》放学回家的孩子们，生命草，铺路者，独轮车，茉莉花，海之歌，雨花石，物语幽思……灵性与深刻兼具的散文篇章映现世态，更见情感皈依。编读赵丽宏，沉浸于他早期的散文世界，共鸣于他的独语，悲喜于他的奇遇。画面清丽，沁人心脾。

亲情和回忆是作家宏大叙事的主题。身处思想启蒙文化勃兴的八十年代，赵丽宏没有愤世嫉俗，不作激昂文字。他用生活的原色和人伦之美，以平和笔触和浓郁抒情，铺陈出一串串晶莹的瞬间：童年足迹，青涩琐忆，舐犊情深，父子悯怀，款款铭刻于心。即便那些来自荒唐时代的痛彻回忆，时而哀伤，时而愤怒，但你从他文字的底蕴里，仍可洞见对真情和灿烂的求索。《他在人间》《旷野的微光》《永远的守灯人》《氿畔》《炭火，燃烧在雪地里》《队长》《纺织娘》《岛人笔记》……他编织出一条抒怀之途，字里行间情真意切，祈望黎明溢于言表。

屐痕之美，成为赵丽宏书写心怀的曲水流觞。从青年梦想到中年情怀，作家的心路历程在河山图卷中徐徐展开。临清风，对朗月，登山泛水，意酣歌。《五老峰遐思》《戈壁魂》《晨昏诺日朗》《山湖琴韵》《长江魂魄》《永康记幽》《日月金字塔》《白夜之旅》《沉船威尼斯》……他把对大地的缱绻编织进自己的生命，他把尘世的纷扰决绝于心灵之外。充满感性的描述和咏叹，恰似他自己创作的清唱剧，个性凸显。但他所追求的个性化，对这个世界深具意义。他以内心的博爱，记载着踏访过的一山一石、一草一木、一水一城，并赋予斑斓而恣肆的色彩。他心系天地苍穹，眼睛里拥有一个阔朗的世界。

作文贵有根，根之所系，非止亲情，非止经历，犹在家园。守望家园之城，是赵丽宏万千诗文篇章中最跌宕的交响。浸染着泥土与江海气息的故乡上海，这个开埠170年历史的悲欢之城，以驳杂与多元、屈辱与骄傲、凋零与繁华、混沌与光明、古朴与时尚、精微与浩瀚，赋予赵丽宏诗情奔涌的创作源泉。品阅《上海抒情》《上海的脚步》《童年的河》《走出石库门》《淮海路的表情》《香山路梧桐》《小楼昨夜春风》《回眸南京路》《夕照中的等待》《城市之美》……历史和现实中的“上海表情”，因文字而更加丰腴。

读到黄浦岸边，你能听见情侣们的甜蜜低语、孩子们的天真笑声；读到豫园，便能看到亭台楼阁，古木葱郁；读到苏州河，你能感受一个城市守望者激浊扬清的强烈渴望；读到夕照中的老人，便会发现那里面灵魂的坚持……健朗的笔触，动情的文字，明亮的初心，相融相生，掠影浮光，美若朝曦。守望家园的赵丽宏，以真实生活为底板，举凡市井风情、社会迁变、城市景致……触物咏怀，尽收渊阁。借朴实散文，发挚诚情愫，这是历经转蓬离乱的作家最深刻的扎根所在。他心里的一串串珍珠，是对故园的一往情深，是对上海的浓切情思。我蓦然发现：这个深夜提笔才情卓绝的文学家，自有一片绿荫匝地的精神家园，只因他纯净如斯的心灵中，植入了一棵馥郁葳蕤、根深叶茂的家园古树。

赵丽宏的文学世界，并非只由回忆、故土、亲情、游历所构筑。他是一个传统的知识分子，痴迷读书，喜爱书画，浸于音乐，犹钟艺术赏藏。他观艺察象，沉迷之中的感知、触动、赏析、慨叹……引人唏嘘，令人陶醉。

旋律如梦。交响乐中音符跌宕，隽永笔下势态起伏。温婉的摇篮曲调，多舛的黑翼天鹅，柔丽的提琴奏鸣，傍着作家的人生情感，完美契合。编读赵丽宏的音乐随笔，品味作曲家的炽热典雅，正是敞开心扉、涤荡浊绪的佳途幽径。瞧！作家细数音乐往事，儿时的提琴梦想，如今的诗人心绪，都洗濯于诗句的溪流中："我是一只快活的蜜蜂，/萦飞于蓓蕾初绽的花林。/羽翼，透明而又晶莹，/扇动着一阵阵馥郁的清芬。"更播撒在浩瀚的宇宙间："呵，天边，又隐隐地响起了雷声，/前方，或许会有更为神奇的风景！"谐韵而生的语言，随韵而起的乐章，幽幽落落，驻人心魂。魂所依，情所绊，依绊至深，艺术陡生。赵丽宏的艺术随笔趣意盎然：写意的树根造型，执着的幽暗舞步，简洁的断臂雕像，精致的书刊装帧……宏与微、续与断、幻与静、举与止，都系于文字的真与美。作家思忖之处，艺术博雅之间，门类遍及：篆刻合书印，食古而吐秀；木雕之面具，深藏朴与犷；手卷与尺牍，沛然漾古风；申窑绘彩釉，火中呈异彩。大到园林巨厦的个性设计，小至玲珑古玉的意蕴独具，艺术品与艺术家，在作家妙趣舒缓的文字中，亲切而不失深沉。文理细腻，脉络明晰，随笔尽处，余韵不绝。

散文是铺陈的诗歌，诗歌是凝练的散文。在赵丽宏的文学世界里，诗歌一直是他绵如细雨的心曲。他以诗人的才情瞩目文坛，以想象的翅膀放飞天空，以敏锐的触角感知大地，以意境的追求托物言志。四十年清平洗练，成就篇篇卓尔不凡的诗作。《雪花，雪花》中那莹洁的白花，《江芦的咏叹》那解剖心灵发自肺腑的倾诉，《舞忆》中"我梦里出现过的精灵"，《黄河故道遐想》中曲折动情的人生况味……轻吹的气息，释放的触觉，瞬息之中，灵感已围城。叩击闭锁的门墙，呼唤心底的诗章，恰似诗人在《早春之咏》中所写："出土便是宣判冬天的

末日 / 尽管寒风仍在江边呼啸横行。”藩篱冲破，再植花木，语言园林，葱葱郁郁。然而，天地的广阔浩荡，自然的渺渺无期，更令诗人神往。融合时空，跨越意表，他慨然写下：“四方的庭院 / 封锁不住自由不羁的心 / 举头向天，天上有古时的明月 / 也有未来的风云和星辰 / 俯首问水，水里有远去的故友 / 也有冥幻中的美人和精灵。”神游太虚、意尽思穷之时，复归故土、提炼诗艺之日——长诗《沧桑之城》焕然诞生。苏醒的理性与感情交汇，潺湲的情意与思想争鸣，短促的诗行，灵动的节奏，吟咏出一曲家国故园的深情赞歌。

灵感泉涌，诗文凝结。赵丽宏的文学成就，并非来自信马由缰的想象的旷野，亦非来自都市一隅的孤芳自赏。四十余年来，他曾于乡下陋室，摸索黑暗，以孤独之语排遣孤独；他曾于四步斋内，结友朋之契，体人伦幽婉；他曾于黄浦江边，发诗文之韵，通天意渺渺，载道于无心不为人迁。许多文坛前辈和文学师友，以关爱和真诚，与他相逢在文学这个幽谧的花园里。巴金先生德高年劭，用真挚高尚的文学心魂，秉烛照亮作家的文学路径；守护暖灯、驱散寒意的冰心先生，给赵丽宏寄来创作的信念；秦牧先生笔端的潮汐，推动年轻的风帆启航远行……文学的路途如何漫长，先驱的身影便如何光明！

四十年文坛耕耘，赵丽宏行板如歌。文明泛青的脚印，早已卷起历史的炊烟。诗人赵丽宏，作家赵丽宏，依然沉浸在他一以贯之的宁静里。与赵丽宏面对面，你永远听不到慷慨激昂之语。平缓的表述里，你似乎难以发现历史镌刻在他心中的爱与痛；安然的目光中，你也无法察觉四十载春秋的波澜起伏。所有的悲欢哀乐，都隐藏在他清澈深沉的文字中，让人读而心动。静水流深，这正是赵丽宏和他文学创作的真实状态。

十八卷作品，辑自先生迄今版行的七十余书卷，积两年又半之功，编纂甫成。聊作序语，比较先生诗文如彼壮丽的篇章，诚惶诚恐。

二〇一四年七月

记于朗朗书房

……自序

……我愿意做一块礁石

趙麗宏

读书和写作陪伴了我大半辈子。写作对有些人来说也许是一种追求时髦、与时俱进的事业，而我却始终认为，这应该是一件以不变应万变的事。这是我自己选择的一种生活，是我的人生。万变的是世事，是永远花样出新的时尚，不变的应该是一个写作者的心境，是他对人生的态度，即所谓在喧嚣中寻宁静，在烦扰中求纯真。这几十年，我努力让自己保持这样的心境。

岁月和命运如曲折湍急的流水，蜿蜒于原野山林，喧哗，奔流，定无轨迹。在水中，你可以是浮萍游鱼，随波逐流，可以漂得很远，却不知所终；你也可以是一块礁石，任激流冲击，浪花飞溅，却始终保持着自己的安静和沉着。我愿意做一块礁石。

我最初的写作，其实是在乡村“插队落户”时的日记。在一间狭窄的茅屋中，在一盏飘忽幽暗的油灯下，一颗年轻的心抒写着对自然的迷恋，对人生的憧憬。那时的写作，不为发表，没有想过要把自己写成一个作家，只是感觉文字和我有缘，写作驱赶了我的孤独，使我的精神世界变得充实，使我在困苦的环境中思考人生的意义。四十多年来，我的人生曲折起伏，经历了各种不同的时代和环境，然而文学一直是我亲密友善的旅伴，写作已成为我的生活方式。文学之于我，恰如那盏在黑暗中燃烧的油灯，尽管人世间风向来去不定，时起时伏，只要心里还存着爱，存着对未来的希冀，这灯就不会熄灭。我的文字，便是这灯光在我心里的辐射。这辐射衍化成文字，记下了我所感受到的时代、人性和自然。和文学结缘，是我此生的欣慰。

巴金先生曾在他赠我的书中为我题写过这样两句话："写自己最熟悉的，写自己感受最深的。"这是他对自己一生写作经验的总结，也是对后辈的一种鞭策，我一直铭记在心。说真话，抒真情，这是每一个写作者遵循的原则。离开了真，便无以为美，也无以为善。

编这套文集，源自出版界朋友的一片真挚的热心。将我四十多年写作的文字汇编成十八卷文集，是一个浩大的工程，我没有勇气和精力做这件事。这套文集的策划编纂者呼延华先生和他的编辑团队不辞辛劳，从选文、编目到编辑出版，历时两年半，为之呕心沥血，辛苦了无数个日夜，将我的各类作品作了精心细致的搜集和梳理。很多连我自己都不记得的文字，也被他们从那些无人注意的角落里找到，收进了文集。读者即将看到的这十八卷文集，汇集了我的大部分作品，是我大半世人生的缩影，也是我跋涉的屐痕、情感的留影，是我的生命以文字形式长出的枝叶，开出的花朵。它们并非天香国色，只是文学大花园中的一个小角落。出版如此规模的一套文集，也许无利可图，我从一开始就有些怀疑，这样的计划，能否付诸实施。如今，面对着堆成小山一般的书稿清样，感慨万千。一个写作者，能遇到这样真诚执着而有气度的出版家，是我的幸运。我深怀感激。

二〇一四年夏日

于四步斋

第一辑　美将留下来

第二辑 水做的江南

第一辑　美将留下来

苏　醒

画面：普通的乡村风景。河，树林，小路。一位少女低着头在路上散步……

——油画《春天的小树林》　作者：[法]西斯莱

面对着这样一幅画，假如有人问："你能不能从中找到春天的足迹？"

能，当然能。

那缓缓流动的河水中有春的足迹。也许淡蓝色的河面上还漂浮着白色的薄冰块，那些冰块不时互相碰撞着，发出咔嚓嚓的碎裂声，它们使人想起不久前那些冰天雪地的时光。然而河水毕竟已经开始流动，残存的碎冰再也无法封锁这些急于想流向远方报告春的消息的生命之水……

河畔那一片小树林里有春的足迹。不错，那些纵横交错、参差不齐的枝丫依然赤裸着，整整一个冬天的风雪未能折断它们，也未能冻僵它们，绿色的春之梦一直默默地蕴藏在它们的心中。如果仔细看一看，你会发现，有一层嫩黄色的轻纱笼罩着它们——这是什

春天的小树林　[法]西斯莱　油画

么？是芽，是叶，是绿色之梦的序曲。用不了多久，这一抹嫩黄便会化成一片翠绿，化成一片怡人的浓荫……此刻，在湿润的寒风中，数不清的枝丫如同数不清的手臂，争先恐后地伸向空中，谁说它们不是在挥别寒冬迎接新春呢？

一条小路从遥远的地方伸展过来，穿过小树林，通到了我们面前。春天当然也把脚印留在了这条路上。你看，曾经被冬天冻得硬邦邦的路面已经泥泞不堪。无数农夫曾在这条路上走过，他们肩扛着农具，手牵着耕牛，三三两两沿着这条路走向田野。下田送饭的农妇和孩子们也走这条路，大大小小的脚印交织在一起，终于什么也无法辨清。只有那两道又宽又深的车辙，赫然刻在路面，使人联想起庄园主的马车经过时洒下的一路隆隆声……

路边有一片草地，草已经长得很茂盛，在金黄色的阳光下，草叶上有无数露珠闪烁着晶莹的光芒。也许，这是春天在这里留下的一个最深最清晰的脚印。美妙的新绿将从这片草地上向四面八方蔓延，一直绿遍天涯……

最后，我们的目光当然要落到那位迎面而来的蓝衣少女身上了（她距离我们太远，而且低着头，其实无从知道她的年龄。不过我想，在初春的早晨这样独自漫步乡间想着心事的，必是少女之所为，姑且当她是少女吧）。她是沿着那条泥泞的路从远方走来的，她慢慢地走着，穿过寂静的树林，走到了这片洒满阳光的开阔地，她的脚步情不自禁地离开小路，踏进了路旁的这片草地。我们见到她时，她已经停住了脚步，低着头，两手合抱胸前，默默地站在草地上。她在干什么呢？

是在草丛中寻觅野花？

是在谛听春水流动的奇妙声响？

是触景生情，想起了发生在这里、发生在初春的往事，往事中有甜蜜的泪水，有优美的叹息……

也许，只是有一只小小的蝴蝶从她脚下飞过，她惊异那蝴蝶的色彩和轻盈的舞姿，又不忍惊扰了它，便站定了用欣喜的目光默默地追随那美丽的小生命，这是春天的信使呵！

为什么要让少女站定在这片草地上？这问题大概只能由画家本人解答了。假如我是画家，我绝不会用一个故事来搪塞读者，我将说：没有什么神秘的原因，任何一位热爱生活的少女都可能站定在这片草地上，是春天留住了她的脚步。她就是春天的一部分。

1987 年 2 月

对　　比

画面：两个人身兽尾的怪物，驮着一位美丽的少女游动在海上。海面波涛起伏，空中乌云翻滚……

——油画《劫夺艾米莫娜》　作者：[瑞士]贾戈麦谛

面对贾戈麦谛精心创造的美妙形象，画面所叙述的神话故事似乎不太重要了，色彩中透露的信息和哲理已足以使人深思。

我在这里看到的是强烈的对比。

这是光明和阴暗的对比。

被劫夺的艾米莫娜如同从海上升起的一轮太阳，她的光芒并不耀眼，那柔和的亮色已使画面中的世界充满了奇妙的辉煌。而那两个劫夺者，则像是两片乌云，乌云尽管浓重，尽管死死缠绕着太阳，却无法掩没太阳，无法遮盖太阳圣洁而又柔和的光芒。与其说是太阳被乌云托举着，不如说是乌云追随着太阳。

这是美和丑的对比。这种强烈的对比无须语言说明。艾米莫娜是美的化身，她的白玉一般透明莹洁的肌肤，她的高贵优雅、凛然不可侵犯的姿态，她的飘扬在风中的金发，她的表情和她的躯体中

劫夺艾米莫娜　[瑞士]贾戈麦谛　油画

散发出的一切，都是美的宣言。而两个劫夺者只能使人产生丑恶的联想。这是两个半人半兽的怪物，他们的上半身似人，而从水面上分明又甩出了一截黑黝黝的兽尾。也许他们曾得意地狂笑过，曾以为他们是不可战胜的，是法术和力量的代表，他们曾用一块巨毯裹着娇小的艾米莫娜，狂笑着在波涛汹涌的海面飞奔，他们并不把这位握在他们掌心之中的姑娘放在眼里。当海风掀开了裹在艾米莫娜身上的巨毯，当艾米莫娜光彩照人的躯体裸露在他们面前时，他们惊愕，惊愕之后便开始自惭形秽，再不敢用阴暗放肆的目光注视艾米莫娜——在圣洁无瑕的美面前，他们羞愧地垂下了黑发披散的脑袋……

这也是善和恶的对比。艾米莫娜是弱小的被劫夺者，她的所有色彩和线条都蕴含着善良、单纯、天真和温柔。面对两个穷凶极恶的劫夺者，她的表情中绝无惊恐，这宁静的表情折射出她心灵的透明和纯洁。劫夺者粗壮强悍，他们身上的每一块棕色的肌腱都蓄藏着凶暴和横蛮，而那条甩出水面的兽尾，更使人感觉到狰狞。他们不敢抬眼正视艾米莫娜，如果抬起头来，我们会看到两双凶残的眼睛。一白一黑，一善一恶，在对比中显得格外分明。

光明和阴暗，美和丑，善和恶，这是截然相反的对立面，其反差的强烈犹如冰雪之于炭火，犹如白日之于黑夜，犹如水晶之于墨石。双方反衬着，亮的更亮，暗的更暗，美的更美，丑的更丑，善的更善，恶的更恶。这便是对比产生的效果。

劫夺者要把艾米莫娜劫向何方？我们不得而知，画面上天水茫茫，世界看不到尽头。然而艾米莫娜似乎并不怎么为自己的命运担忧。她既不惊惶，也不悲伤，平静得仿佛是在乘一艘小舢板做一次轻松的远航。她垂首侧目，居高临下俯视着两个粗壮的劫夺者，鄙视的眼神中竟露出了几分怜悯。两个劫夺者却局促不安起来，他们变得笨拙了，再也没有那种腾云驾雾的潇洒，一道水柱从口中喷出，也喷出了心中的惶乱。可怜的恶人！

我们不必为艾米莫娜担忧，我听见她正在轻轻地告诉人们：美，是劫夺不走的！

1987年3月

船　思

画面：宁静的湖。几艘泊在湖面的帆船。一个妇人和一个孩子在湖畔默立的背影……

——油画《船思》　作者：[法]莫奈

母亲携着女儿来到港湾。在水边，她们站住了。离岸不远的水面上，静静地泊着几艘单桅帆船，水手不知去向。白色的三角帆被卷在小船上，不会飘扬，也不会鼓动，只是随着船体的起伏微微颤抖。它们似乎是一些不祥的标志，点缀在微波荡漾的水面，使人想起用白布裹着等待下葬的尸体，而那些歪立着的桅樯，像默默垂首致哀的守灵人……

母女俩久久地默立着，她们的视野里，只有那几艘静泊着的小船，只有船底下浅蓝色的微澜。当然，假如你仔细观察的话，还能看见水面上船的倒影，那是一些时隐时现、似静似动的神秘的影子……

女儿已经记不清了，这是母亲第几次把她带到这里。每次都是这样，面对着泊在港湾里的帆船，久久默站着。母亲含着眼泪，目光沉重而又哀伤。女儿曾经指着水里的船不停地发问：

船思　[法]莫奈　油画

“妈妈，你为什么老带我来这里？”

“妈妈，你为什么不带我上船？”

“妈妈，这些小船上有什么？”

“妈妈，小船还会到大海里去吗？”

……

母亲总是以沉默作答。女儿只能在母亲怅然沉滞的目光里寻找答案。当晶莹的泪珠从母亲的脸颊滚落，年幼的女儿似乎看见母亲心里的秘密也在悄悄地流出来。她隐隐约约知道了，这些小船和她的从未见过面的父亲有关……父亲是个水手，他出海去了，他在海上航行了很长很长时间，他一直没有回来。母亲带她来，是来找父亲吗？她想念父亲，尽管不知道父亲长得什么模样。

于是女儿终于什么也不问了。她和母亲一起沉默，一起站在河滩上，久久凝望着水里的小船，像一大一小两座雕塑。

母女俩眼里的小船绝不是静止的。两个人视野中的景象完全不同。

小船在母亲模糊的泪眼中动起来——

锚链咣啷咣啷收起，雪白的三角帆缓缓升上桅梢，船上有一个男人微笑着向她挥手，小船出海了……当年，他就是这样和她分手的，无数次分手中平平常常的一次，然而这一次一去就再没有回来！

小船突然动荡起来！狂风呼啸而起，浪山直窜上灰暗的天空，桅樯折断了，白帆破裂成碎片，小船在风浪中旋转、起落，像飘在旋风中的一片可怜的小枯叶。他绝望地呼喊着，微弱的喊声顷刻被铺天盖地的风浪淹没……

小船消失了！逐渐平静的水面上只有几片木板、几段断桅、几缕白布。他也消失了！水面打着旋涡，旋涡里仿佛出现了他的眼睛，眼睛里流着惊悸、绝望、痛苦和哀愁……

她闭上眼睛，两颗泪珠滚出了眼眶。睁开眼睛时，便又见到了那几只静泊着的小船，那些卷着的帆篷使她想起用白布裹着等待下葬的尸体，那些歪立的桅杆像垂首志哀的守灵者，她觉得自己也成了一枝桅杆，成了一个沉浸在悲伤中的守灵者……

女儿眼睛中的小船也在动——

帆悄悄地升起来，像雪白的翅膀在水面上展开。小船轻盈地漂向大海，犹如一只矫健奇异的大水鸟。他就骑在这只大水鸟上，甩动着一头金发，唱着快乐的歌向远方飘去。他似乎也回头向她挥了挥手，因为太远，看不清他的容貌，然而不用怀疑，他一定像个英俊的王子。

小船被蓝色的波涛托拥着，平稳地在海上滑翔，桅杆举着鲜红的太阳，帆和飘动的白云融为一体，一群白色的鸟无声地围着小船盘旋，白鸟中似乎还有人，那是生有翅膀的小天使！父亲呢？他正坐在船头上，拨弄着一把六弦琴，只是听不清他在唱什么……

蓝色的海面突然波动起来，浪花散开后，一个赤裸着雪白肌肤的仙女从水底下缓缓升起了。这就是故事里那个善良而又美丽的鱼美人吗？仙女来到小船上，微笑着向他靠近……哦，这是不是他至今未归的原因呢？

一声叹息把她从幻想中惊醒。是身边的母亲在叹息。眼前依然是那几只静泊着的小船，一切如旧。她真想跨出脚去登上最近的那只小船，她要到远方去寻找。但是她的手被母亲的手紧紧地攥着，攥得很疼。

于是她听见那些小船也发出了轻轻的叹息，叹息在水面上飘漾……

1987 年 4 月

凝　　视

画面：肘靠在椅背上的俄罗斯少女奥尔加。

——油画《坐在沙发上的奥尔加》　作者：［西］毕加索

是的，爱情可以产生各种各样的奇迹。

她可以改变画家的情绪，可以改变画家的目光，也可以改变画家手中的笔。

我仿佛走进了毕加索的画室。画家的目光越过画架，久久地凝视着倚在椅子上的奥尔加。他的眼睛里燃烧着爱的火焰。

且看陶醉在爱河中的毕加索如何描绘他的恋人。

奥尔加，一位年轻的俄罗斯舞蹈家，一位涉世未深的少女。在舞台上，她可以变成翩翩翔舞的天鹅，变成神话中飘然无踪的精灵，她的柔软灵巧的肢体曾经像奇妙的花朵一次又一次绽放，大自然的花卉无法和她比美。坐在观众席上看她时，她遥远，她神秘，她可望而不可即。画家孤傲的心为之颤抖……

此刻，她近在咫尺。深色的衣裙，衬托出她的白玉般的脸颊和手臂。她将身体的重量倚在椅背上，脸稍稍仰起，一双沉静的大眼

坐在沙发上的奥尔加
[西] 毕加索
油画

睛默默凝视着画家，紧抿着的小嘴里含藏着只有她自己才知道的话语。手中那把香木折扇悄悄地打开了一半……

画家也在凝视她。我可以想象画家那双微眯着的蓝灰色的眼睛，那双眼睛里喷射出深情的火焰。画家热烈的凝视中流出许多甜蜜而又焦灼的疑问来：

——这是你吗？这就是天仙一般在舞台上飘飞的你吗？

——我爱你。我要用整个身心拥抱你。你呢？

——不要离开我！我的孤独的心灵需要你的爱抚。能答应我吗？

——你能想象我怎么来画你吗？你喜欢在我的画布上留下怎样的形象？

……

奥尔加也用凝视作答。她的凝视不如画家那么炽热，美丽的大眼睛里似乎还流露出几分忧郁。她的凝视中有温柔的回答，也有略含忧伤的反问：

——是的，是我。离开了舞台，我就是这样一个普普通通的女人。我使你失望了吗？

——我也爱你。我坐在这里，就是为了看你作画的样子，看你像饿虎一样扑在画布上，我喜欢看你画。画吧，我可以永远坐在这里让你画，画到老……老了，你就不会再这样看着我了，是吗？

——你真的孤独吗？我看到你总是被许多人包围着。我有些怕你，怕你有一天离我而去，就像你对别的女人那样，挥挥手，转身就走得无影无踪……你会吗？

——你画吧。想怎么画就怎么画吧。我只希望你画出一个真实的奥尔加来。

……

当两双恋人的眼睛互相凝视着在画室里无声地交谈的同时，画家的彩笔也默默地在画布上走动着。他精心调配着颜色，精心勾勒着线条。他绝不允许自己的画笔破坏了恋人的形象。假如用他的“立体主义”来作画，那么，出现在画布上的奥尔加应该是一堆缤纷的几何图形：圆柱体、圆球体、圆锥体、三角形、矩形……譬如他那幅著名的《妇人之面》，画中那位被“立体”了的妇人在人世间是找不到的，人们只能对着她联想到地狱里的幽灵和冥冥之中的外星人……

然而画家终于没有让他的恋人“立体”起来。她绝不会乐意看到自己变成幽灵和外星人。

就这样，在两双眼睛默然相视的时候，奥尔加带着她的美丽和端庄，带着她的高贵的气质，悄悄地走上了毕加索的画布。

毕加索当然最懂得什么是美，什么是事实，什么是丑，什么是虚假！

画框中的奥尔加，已成了作家心目中爱和美的化身。

假如你静静地凝视她，她也会同样凝视你。她的凝视中，有许多关于爱情和艺术的秘密。你自己去想象吧。

1987 年 6 月

遐　想

画面：林荫深处。浴后的母与子。男孩在戏鸽，母亲躺着凝视孩子与白鸽……

——油画《遐想》　作者：[法]布歇

“妈妈，它们是什么？”

“是鸽子。”

“什么叫鸽子？”

“是一种小鸟。”

“它们为什么会飞呢？”

“因为……因为它们有翅膀。”

“等我长大了，也会生出翅膀来吗？”

“傻孩子，你想到哪里去了！”

“妈妈，我羡慕它们，我也想飞，飞到大树上去，飞到蓝天上去，飞到白云里去。妈妈，你说我将来能飞吗？”

“妈妈不知道，你问小鸽子吧。”

“好，我问它们。小鸽子，请你告诉我，等我长大了，能像你们

布歇油画

一样飞吗？”

两只雪白的小鸽子沉默着，只是用红色的眼睛盯着用绳子牵住它们的这个孩子，这个小天使一般可爱的孩子，他的眼睛像透明的蓝水晶，莹澈而又纯洁。然而小白鸽只是沉默，只是用红色的眼睛瞪着这个向它们发问的孩子……

“妈妈，小鸽子不理我，它们好像在生气。它们在生我的气吗？”

“鸟儿怎么会生人的气呢！快别胡思乱想了，我亲爱的孩子。”

“不，妈妈，小鸽子真的在生气，一定在生气！”

两只鸽子奋力扇动着翅膀，想要飞起来，然而它们无法挣脱那根又细又柔软的绳子。于是它们绝望地相视了片刻，又转过头凝视着孩子，目光里流露出深深的哀怨……

这时，孩子的心听见了两只鸽子的对话：

“我们还能不能飞到天上去？能不能到自由自在的鸽群里去？”

“我想能。假如这孩子知道我们的心理，他会放了我们。”

“我真羡慕这孩子。看着他刚才和他的母亲一起在水里洗澡，看着他们一边笑一边飞溅起水花，我就想起了我们的母亲，想起我们跟母亲在天上唱着歌飞翔的快乐情景。我想念母亲……”

“我和你一样，我也想念母亲。”

“你说，人们为什么要束缚我们，还要把我们关进笼子，难道这对他们是一种快乐？”

“我不知道。”

“你看那孩子脚边的筒里装的是什么？”

“是箭。被它们射中了就会流血，就会从天上摔到地下，就会死去。”

“人为什么要这些箭呢？他们用箭射自己吗？”

“我不知道。”

孩子在心里听见了小鸽子的对话，他的表情变得严肃起来，这表情和他那天真可爱的脸显得不相称。他用白嫩的小手小心翼翼解开了缚在鸽子脚上的绳子，然后挥了挥手，轻声轻气地说：“飞吧，飞到你们的天空里去，去找妈妈吧！”

两只小鸽子对孩子的举动似乎并不感到意外。它们展开翅膀，美美地拍了两拍，嘴里发出咕咕的欢叫。可它们却不急着飞走，反而三蹦两跳靠近了孩子，那只小一点的跳上了孩子的膝头，那只稍大些的停在离孩子极近的花丛里，一边扇动翅膀，一边唱歌……

孩子笑了。

一直躺在那里默默地注视着孩子和鸽子的母亲，没有以任何微小的动作阻止孩子和鸽子的交流。一个温柔而又欣然的微笑，凝在她美丽的脸上……

这时，黄昏的最后一缕霞光透过树丛射进来，照亮了母亲那玉一般、大理石一般圣洁美妙的裸体，照亮了孩子那一头灿然的金发和嫩得透明的肌肤，也照亮了鸽子，照亮了它们那红色的没有一丝惊恐的眼睛……

1987 年 7 月

等　　待

画面：耸立着礁石的海滩。一裸女仰躺在海滩上恬然入睡……

作者：［法］雷诺阿

是诞生于大海的维纳斯，刚刚脱离了蓝色的波涛，清澈的眼睛还没有来得及睁开。宁静的人世正在等待你醒来，等你醒来，你会把那些关于海底世界的神奇缤纷的梦境告诉人们吗？也许，你是做着一个关于人间的世俗的梦，那么，等你醒来，等你用那块雪白的披巾裹起你冰清玉洁的裸体，等你睁大了惊奇的眼睛走进人群，等人群中射来无数含意深长的目光，你的世俗梦便会变成现实。只是我无法向你预言这现实将会是喜剧还是悲剧……

是逃离了大海的美人鱼，蜕尽了鳞甲的躯体还隐隐泛出血的红色。在挣脱了大海凶狠的羁绊的刹那间，你便精疲力竭地倒下了，倒在柔软的沙滩上，倒在沉默的礁石畔，倒在疾走着云霞的蓝天下，倒在温暖的阳光里……为了这日思夜梦的刹那间，你经历了生死的考验。此刻，你自由地向人世袒露着你的纯洁，你也开始了等待。你的王子会不会来迎接你呢？我无法知道。谁也无法知道……

不，不是维纳斯，也不是美人鱼，而是一个普普通通的年轻女郎。我知道你不会回答我，但我相信一定是这样的。你刚刚接受了冷冽的海水的抚摸，你的亚麻色的秀发和晶莹红润的肌肤曾在起伏的波浪间游动闪烁。此刻，你累了，你无力地躺倒在沙滩上，一任海风和阳光舔干你身子上的水珠。这辽阔的海天之间，你仿佛是唯一的生命，只有阳光和沙滩陪伴着你，只有满脸皱纹的礁石和缓缓飘动的云霞在默默地凝视你，你喜欢它们恬静而又无邪的凝视。而远处那浪拍沙滩的微响，是一曲柔曼深情的摇篮曲，轻轻地催着你入梦。这摇篮曲使你回忆起童年最美好的时光——那是在母亲的怀抱里，母亲用一对流溢着慈爱的眼睛看着你，口里哼着人世间最动听的乐曲，整个世界都随着母亲的歌声在摇、摇、摇……一直摇入欢乐的梦境……

也许，你的身份并不高贵，披上普普通通的衣服穿过茫茫人海，谁也不会多看你一眼。你从来不以为自己是出众的。此刻，当孤独一人裸露着投入大自然的怀抱时，你突然有了惊奇的发现：哦，这难道是我吗？这些美玉一般的肌肤，这些奇妙动人的曲线，这艺术雕像似的躯体——这难道是我吗？我难道有这么美？你用颤抖的手从头到脚把自己轻轻地抚摸了一遍——真的，一点不错，是我！你闭上了眼睛，陶醉在惊喜的发现之中。你也开始了静静的等待。

谁能理解你的等待呢？你毫无顾忌地把自己美丽的躯体袒露在海天之间，不是为了炫耀，也不是为了诱惑。大自然把人的血肉之躯塑造得如此美好，为什么人们自己并不知道呢？也许，你是在等待着有人和你一起发现这样的真理：面对着美，不要再彷徨自卑了。人们啊，美，就蕴含在你自己的躯体中，你拥有大自然中美的精华！

你的等待并没有落空。你瞧，手持画笔的雷诺阿来了，他把你的等待传达给了人声喧闹的世界。在你的画像前，人们静默了，就像你曾经因深深陶醉而静默一样……

哦，谢谢你，雷诺阿！

1987 年 8 月

少女和骷髅的对话

画面：一个裸体的少女和一具狰狞的骷髅相对而立。

——油画《少女和骷髅》　作者：维尔兹

一个少女面对着一具骷髅。

少女如中秋的满月，皎洁的光芒中流动着生命的音乐。她身上的线条是大自然中最优美的线条，起伏似雨后山峦，曲折如清溪蜿蜒……她身上的色彩是人世间最纯洁的色彩，透明的肌肤里蕴藏着恬静的热情和美丽的渴望……在她的光彩中，插在金发中的那簇鲜花相形失色了。

骷髅是黑夜的阴影，世界上的一切狰狞和绝望，都浓缩在它的森森白骨之中。那深陷的眼窝里，潜伏无穷无尽的黑暗，不会有生命在这黑暗中出现，连蝙蝠和猫头鹰也不会有，连苔藓和枯草也不会有。只有虚无和荒芜在黑暗中阴惨惨地蔓延……

少女默默凝视着骷髅。骷髅也默默凝视着少女。少女微笑，微笑中流露出骄傲和惊奇。骷髅也微笑，微笑得神秘而又得意。在无声的对峙中，我听见了少女和骷髅的对话。

少女和骷髅 维尔兹 油画

少女：喂，你怎么也会笑？

骷髅：是的。当血肉化成泥土尘埃之后，笑，就是我唯一的表情。

少女：你笑什么？

骷髅：笑你。

少女：你有资格笑我？你笑我什么？

骷髅：我当然可以笑你！笑你如此天真，如此骄傲，笑你竟不认得我！

少女：你是谁？

骷髅：我就是你。

少女：谁会信你的话。除非眼睛瞎了，才会看不清我们的区别。人人都夸我美丽，有人夸你吗？你太可怕了！

骷髅：你迟早有一天会像我一样的。不管你是达官贵人还是布衣百姓，不管你是美还是丑，到头来都得和我一样。从前，我曾经像你一样丰满，像你一样妩媚，像你一样娇嫩欲滴。当男人们向我投来倾慕的目光时，我也自以为是举世无双的美人。可我无法躲开死神。坟墓终于向我展开了黑暗阴湿的怀抱。我在坟墓里失去了我为之骄傲的一切——我的金发、我的明眸、我的红唇、我的玉雕般的肉体、我的美妙的曲线……只剩下这副骨架。在你如花似玉的外表下，也有一副和我一般无二的骨架。你的如花似玉终有一天会烟消云散，你也会在坟墓中得到我现在的尊容。我没有说错，我就是你，你就是我。

少女：……（她的惊愕如同闪电。她的微笑却并未消失。）

骷髅：哈哈，你相信我的话了吧！（它得意得晃荡起来，白骨和白骨相互碰撞着，发出格格的响声。）

少女：不。你不是我，我也不是你。你只是没有生命的躯壳，这躯壳和一堆石头或者几根木柴没有什么两样。当血肉离你而去，你就永远地死了。现在的你绝不是曾经活着的你！

骷髅：……（它语塞了。假如表情能有一些变化的话，那龇牙咧嘴的笑也许会从它脸上暂时消失。）

少女：不要再望着我怀旧了。我是我，你是你。我的欢乐和痛苦都不属于你。

骷髅：请记住，我是真实的，你是虚幻的！你的生命只不过是过眼烟云，就像你头上的那束花，用不了多久便会枯萎。

少女：不，你是真实的，我也是真实的。你的真实属于死寂的坟墓，我的真实属于有声有色有情的生活。我会爱，你不会；我会恨，你不会；我会用眼睛寻找草地里沾露的野花，会用手摘下它们戴在自己头上……这些，你都不会。

骷髅：但是你也躲不开死神，你也要走进坟墓！

少女：是的。我知道我的生命并不永恒，所以我珍惜。见到你，我将更加珍惜我的时光。谢谢你提醒了我。谢谢你。

骷髅：见鬼！

少女：好了，恢复你的平静吧。只有你的平静是令人羡慕的。

骷髅：……

少女：……

一个微笑的少女面对一具微笑的骷髅。

如果你用心谛听的话，你会听到他们的对话还在继续。也许每个人听到的都不一样。

1988 年 1 月

沙滩上的生命之光

画面：青天，碧海，白沙滩。三个少女在沙滩上憩息。

——油画《浴女们》　作者：[西]毕加索

在这个世界上，最鲜艳最生动的是什么？

是生命，是洋溢着青春朝气的年轻生命！

生命孕育于海洋，诞生于海洋。生命从海洋起步，登上陆地，攀上山峰，飞上天空……

海洋是生命的摇篮。海洋里蕴含着一切生命的元素。尽管狂暴中的海洋能摧毁一切，吞噬一切，但人们依恋海洋。有什么地方能比宁静的海滩更迷人呢？且看三位少女占有的这一片海滩。

海面像一块无边无际的深蓝色玻璃，从沙滩一直延伸到遥远的天边。雪白的三角帆犹如停栖在水面的海鸥，无声地缓缓滑向远方。远方有峻峭的岩岛，高耸的灯塔似一柄白色的巨剑插入空中。天空和海洋一样蓝，一样平静，天上没有白帆，却有白云款款飘动。沙滩是白色的，柔软的细沙晶莹如雪，海水每天抚摸它们，冲刷它们，污浊不属于这片沙滩。你瞧那些躺在沙粒中的石头，圆滑而莹洁，

浴女们
［西］毕加索
油画

像印象派的雕塑，也像有灵性的奇异的生命。

因此，她们才来了！

什么是热情的青春？什么是蓬勃的生命？什么是生命优美的节奏和迷人的色彩？什么是生命的渴望？

海滩上的这三位少女能回答你。她们曾像三条童话里的美人鱼，在清凉而澄澈的海水中追逐嬉戏，小小的一方海面因她们而激动不已。此刻，她们刚刚离开海水，她们美妙的躯体在运动后安静下来，沙滩为她们敞开了雪白的怀抱。在白色的映衬下，她们的形体、她们的肤色、她们的神态，无不闪射出生命的光彩，洋溢出青春的气息。那些在鲜艳的泳装下起伏蠕动的浑圆的躯体，那些柔美舒展，蜿蜒无定的曲线，那些透明得能看见热血流动的肌肤，都是生命最奇妙最美好的语言，抽象的文字永远也无法描绘她们，这些语言无声地向人们叙说着生命的健康、年轻和美丽，也叙说着爱情。

你看见那位站立着仰头甩动秀发的少女吗？你看那一头迎风飘扬的黑色的长发，这是青春，是力，是生命的旋风。你看她那高举起的双臂，仿佛要拥抱天空和海洋，拥抱整个大自然，拥抱她所向往的一切……

你看见那位坐着面向大海的少女吗？她正默默地用手绞弄着湿漉漉的长发，陷在沉思之中。虽然只能看见她的背影，但我们能想象出那一双凝神远望的眼睛。她在凝望海，凝望神秘的远方，凝望她心向神往的目标，这目标在画面里找不到，但她却能看见。面对这片曾抚摸过她、给过她欢乐、使她清醒也使她沉醉的蓝色海洋，她似乎已挣脱忧伤和烦恼的纠缠，心中宁静如洗，只有美好的愿望像种子悄悄地萌动、发芽……

你当然也看见了中间那位阖眼微睡的红衣少女。她像一尊奇妙的雕塑，凝聚了画面中所有安详、恬静、平和、优雅和美的因素。然而她毕竟不是雕塑，她是活的，在那红色泳衣包裹着的丰满的胸脯下，有一颗年轻而纯净的心正在跳动。她的梦境你是无法想象的，这是缤纷莫测的少女之梦，是蓝色的爱情之梦，你看她那双柔弱而优美的手臂，正自然地做拥抱状。她想拥抱什么？不妨请你自己想象。

少女、沙滩、海，在宁静中融化为一体。是生命融化了自然，是自然融化了生命。

1988 年 2 月

暴风雨前的宁静
——关于油画《弗朗西斯小姐》的遐想

暴风雨的前夕。乌云布满了天空，云隙中射出的天光有如凝固的闪电。天边树影在惨淡的天幕上飘忽不定，就像是被撕破的乌云把它们的碎片散落在了地平线上……

这是暴风雨前瞬间的宁静。所有一切在这瞬间的宁静中都变成了雕塑。这宁静是一种预兆，预兆着真正的闪电将划破幽暗，预兆着惊天动地的雷声即将炸响，预兆着狂风就要呼啸而来，大雨就要倾盆而下……翻天覆地之前的宁静，总是使人心绪不宁，使人坐立不安，甚至使人心惊胆战。这时，在人群里便可以看到各种各样烦躁慌乱的表情。如果画家想在画布上选择这样一个时刻来表现宁静，似乎不可能。然而英国18世纪的画家奥波，却把一位少女请到了这满天乌云之下，她给我们带来的是优美的沉思和宁静。

这位名叫弗朗西斯的黑衣少女对即将来临的暴风雨仿佛一无所知，或者是不以为然。她正睁大了一双美丽而忧郁的眼睛，凝视着前方。她沉浸在自己的遐想中，在她的眼神里，看不出是喜是悲。也许是一种超然，超然于她所处的环境，超然于她的心情。

这眼神里有淡淡的向往，这向往并非近在咫尺，而是在遥远的地方……

面对着伫立在乌云底下的这位沉思的少女，我起初的感觉是恬然，是宁静，是一种美丽的忧伤。然而这幅画提供给我的想象并没有到此为止。我无法忘记她头顶的乌云，无法忽视这漫天乌云在画面中的涵义。黑衣少女和她头上的乌云是那么和谐地交融在一起，她仿佛也是从天空飘落的乌云的碎片。只是她向我展示的是乌云背后的阳光，经过乌云的过滤，阳光已不再辉煌。在沉重的乌云的包围之中，她带来的那一片光亮能保持多久呢？于是开始为画中的少女生出一种担忧，在即将到来的暴风雨中，她将会怎么样？

这幅画很自然地使我想起达·芬奇的《蒙娜丽莎》。两幅画的构图非常接近，两幅画的女主人公都非常美。然而蒙娜丽莎脸上的那种圆润的温情，那种含蓄而和蔼的微笑，在弗朗西斯小姐脸上却很难找到。蒙娜丽莎是一种温和的美丽，而弗朗西斯小姐则是冷艳。两幅画中相同的境界是神秘，还有宁静。如果这种神秘有什么谜底的话，蒙娜丽莎的谜底会带给人们温馨和快乐，而弗朗西斯小姐的谜底却可能使人的心灵颤抖。同是宁静，两种宁静的走向并不一样，蒙娜丽莎是在静静地期待着幸福的降临，而弗朗西斯小姐，却是在静静地等待着黑暗，等待着暴风雨，等待着无法预知的灾难……

也许，这一切全是我的胡思乱想，当初画家为这位名叫弗朗西斯的小姐画像时，根本没有想到过这些，弗朗西斯小姐也只是一个无忧无虑、天真烂漫的少女，画家可能不喜欢小姐闺房里的摆饰和气氛，于是在画完了小姐的肖像之后，随便加上了暴风雨前夕的背景……也许，是画家把自己的心境情不自禁地表现在了作品中，而弗朗西斯小姐和她头顶上的乌云，只是表达画家情绪的一个载体……

不管怎么样，奥托创作的这幅画是成功的。一幅画，能够让人面对着它产生那么多的遐想，这难道不是艺术奇妙的魅力？

1993年3月2日于四步斋

阳光穿过树林

那年访问俄罗斯，在圣彼得堡作家协会的一间大客厅里，参观了一个油画展览。这次参观并不是主人的安排，而是无意中的收获。去那个客厅，本来是和俄罗斯作家会谈，然而挂满四壁的油画一下子吸引了我。这是在涅瓦河边的一幢古老的宫殿里，夏日的夕阳正穿过高大的窗棂和丝绒窗帘照在橡木板壁上，涅瓦河的波光在雕花的天花板上浮动，在这种梦幻一般的光照中，挂在墙上的那些油画显得神秘莫测，妙不可言。油画的题材是冬天的俄罗斯大自然，白桦树在冰雪中高举着无叶的枯枝，马拉着雪橇在漫无边际的雪原上行走，泉水在坚冰覆盖的大地上蜿蜒流淌……冷色调的画，在白夜的日光抚照下，似乎也折射出一缕缕金红色的暖意。

主人告诉我，这是一个当代俄罗斯画家的作品，借作家协会的客厅办画展。此人在国际上已经有些名声。他在画中描绘的俄罗斯大自然，使很多人心驰神往。我很想见见这位画家，也想买他的画。画家不在，热情的俄罗斯作家朋友找来了画家的经纪人，一个穿着讲究、板着面孔的中年汉子。听说我是中国作家，他脸上的笑肌才抽动了一下。我评论这些油画时，他似乎无动于衷，当听说我打算

白桦林

买画时，他的眼睛倏忽一亮。他告诉我，这些画，必须用美金购买。每幅画的价格不低于一千美元，这价格，还是照顾我这样的中国作家，再没有商量的余地。他的表情和口气，使我反感。说实话，如果当时口袋里有钱，我会不顾一切倾其所有买下我喜欢的画，然而我口袋里的钱不够买其中的任何一幅。于是只能作罢。当我请那个经纪人代我向画家致意时，他只是耸了耸肩膀。陪同我的俄罗斯作家摇着头说："这家伙心里只有钱，没有艺术。"

那个经纪人走后，我在挂满油画的大厅里又逗留了一会儿。这时，玫瑰色的夕阳已经转向别处，屋子里暗了许多。墙上的油画魅力依旧，然而画面中透露出来的冷峻似乎变得浓郁了。我想，美好的艺术，原本是无价的，你喜欢，它便是无价之宝，你不喜欢，它可能只是一堆累赘。现在，艺术品必须和这些只把目光盯着金钱的经纪人捆绑在一起，对爱好艺术的人们来说，究竟是福音还是灾祸？

在参观这个画展后的第三天，也是一个无意中的机会，我走进了圣彼得堡郊区一家小小的工艺品商店。店堂里，挂满一面墙壁的油画使我吃了一惊。其中有一些名画的临摹，也有一些静物和风景的写生，有的画得稚拙，有的却画得相当出色。我的目光落在一组16开刊物大小的油画小品上。这也是一组俄罗斯大自然的风景，画家描绘的是夏天的景色：在风中起伏的金色草地，在阳光下挺立的白桦树林，掩映在绿荫中的木结构教堂，盛开的玫瑰花园……这些画并没有标价。售货员是一个栗色头发的俄罗斯姑娘，她微笑着告诉我，这是一个青年画家的作品，放在店里展览寄售的，只要有人喜欢，他不在乎价钱。我选了其中三幅，三幅作品都是画树：一幅是草原上的白桦林，金黄色的草原上，七八棵白桦树沐浴在阳光下，辉煌而又辽阔；一幅是合欢树，几株繁花满枝的合欢树如同一片红云，托起一间尖顶的小屋，小屋窗户洞开，却看不见屋子里的人，使人产生许多美好的猜测；另一幅画稍大些，画的是古老的皇村树林，阳光穿过浓密的树叶，照在粗大的树干和林间小道上，形成斑驳神奇的图案，当年，普希金就曾在这样的林中小径踱步吟诗……

买这三幅画，我花的钱还不到30美元。那个俄罗斯姑娘听说我要把这些画带回中国，便用纸很仔细地把它们包扎好。她的微笑和友善的神态，和那些画一样动人，一样阳光明媚。

带着这些画出境时，有一个很有意思的插曲。在莫斯科机场的海关检查处，一个中年俄罗斯官员注意到我随身携带的油画，便问道："你带走的是不是名画？俄罗斯名画是不准出口的。"我笑着告诉他，这是从商店里买来的。他不相信，非要亲眼看一下。没办法，我只能拆开包装让他检查。看到这几幅画时，那官员先是愣了一下，然后笑着赞叹道："画得真不错！和名画差不多了。"我担心他把这些画扣下来，尽管他绝无理由这么做。最后他还是放行了，他挥了一下手。嘴里不知低声嘟哝了一句什么，好像是惋惜我带走了他家中的一件宝贝。

现在，这几幅油画就挂在我的家里。每天，它们都使我生出幽谧多彩的遐想。遥远的阳光，穿过这些婀娜多姿的异国之树，照进了我的书房。

1995 年 1 月

童真的目光

最近，米罗画展在上海展出，引起很多人的兴趣。对米罗的画，美术界的反应很一致，大多是由衷的颂扬。他们是内行，有发言权。很多门外汉的反应是看不懂，但觉得很有趣。有人因此而产生这样的印象：当画家并不难，只要在画布上随意涂抹便可以成为作品。对美术家而言，这当然是笑话，但外行们的看法说出来供人一笑也颇有意思，其中道出某种真谛也很难说。前几天在报上读到一位享有盛名的文坛前辈的文章，说米罗的画在60年前便在中国遭到过抵制，当时他就认为这样的艺术没有多大意思。现在米罗突然在中国时髦走红，他感到不可思议。一个画家，会引出差异如此之大的褒扬和贬弃，这本身就是一件很可玩味的事情。

我也去看了米罗的画展，他的画使我着迷。

我无法以文字来描述米罗用墨和色彩构织的形象。这是一些随意而看不出规律的线和点，就像被人不小心碰翻了色碟，色彩泼溅在白纸上，形成了怪诞的让人想入非非的图像。而那些用墨汁涂抹出的粗细不等的线条，使人想起中国的书法，有龙飞凤舞的狂草，也有稚憨拙朴的童书……当然，这只是我的想象而已。一切都不具体，

米罗油画

突兀，朦胧，强烈，使人惊愕，使人迷恋，也使人困惑。面对他的作品，我情不自禁地产生这样的感慨：艺术家走向辉煌的途径和方式，真是千姿万态，千奇百怪。

看米罗的作品，很难确定图像的涵义，一切推测和猜想都是徒劳。我只能从他的笔触和构图中感觉他的情绪。这种情绪是随意的，不受任何束缚，它们自然而然地流泻着，喷吐着，不拘形式，没有定规，如喷泉四溢，如天马行空。精致细微和大气磅礴，竟是那么和谐地交织在他的画面中，令人惊叹。这样的创作状态，使人联想到文学创作的一种令人羡慕的自由状态，也就是被评论家称之为“无技巧”状态，作家可以随心所欲，自由自在地用本色的文字倾吐感情，叙述故事。这样的状态，使一切刻意矫饰的形式相形见绌。

面对着米罗的画，观者还是很自然地会试图在那些抽象的线条和色彩中寻找具体的事物和情节，大多数人都无法摆脱这种古老的审美习惯，包括我自己。在他的画中，我发现很多大睁着的眼睛，这是孩子的眼睛，从这些眼睛里流露出天真烂漫的目光，它们好奇地回望着遥远的历史，也展望着神秘的未来。从这些目光中折射出来的，是一个大画家天真烂漫的心灵世界。

自由和自然，天真和浪漫，对一个艺术家来说是多么珍贵。

1995 年 5 月 27 日于四步斋

白马的森林

邮递员送来的一大沓信和报刊中，有日本友人宇野公容寄来的一大袋邮件，打开看，原来是东山魁夷的一本画册。

宇野先生是东京书籍株式会社的出版家，去年我率作家代表团访问日本时，由他全程陪同。他是日本大书法家宇野雪村的儿子，对文学和艺术有独到的见解，访问途中，他一路向我介绍了很多日本的艺术和历史风俗。在奈良和京都，参观了不少古代寺庙和园林。其中印象深刻的是奈良的唐招提寺，当年由中国的鉴真和尚修建的唐代中国寺庙，完好如初地被保存下来。这样的木结构寺庙，能历经千年而完好无损，在全世界都是绝无仅有的。日本画家东山魁夷为唐招提寺创作了一批壁画，我本来以为能看到这些壁画，想不到展览壁画的殿堂只在每年春天开放几天，其余时间都不让人参观，市长出面也不能通融。也许我当时流露出的遗憾的表情，使宇野感到不安，时隔大半年再寄这本画册给我，也算是对我的遗憾的一点补偿。画册中有宇野的一封信，信中说："寒冷时节，谨致以问候之意。从元旦以来，天气一直较暖，最近总算开始冷了起来。您近来一切都好吗？现寄上最近在日本召开的《东山魁夷展》书录。去年，

东山魁夷画作

去奈良唐招提寺时，很遗憾未能看到东山魁夷的隔扇画。这本画册上登载了其中的一部分，请鉴赏。寒冷还要持续一段时间，请您多保重身体。”在寒冷的季节，收到这样的礼物和信，使我感受到友情的温暖。

翻开画册，第一幅作品就是东山魁夷为唐招提寺画的壁画《涛声》。画面是蓝色的海潮，万顷碧波在画面上起伏。海中礁岛雪浪飞卷，岛上绿树迎风挺立，似在和海涛酬唱应答……这样的长卷，浩瀚而神秘，使我想起东山魁夷写海的散文《永恒的海》，他在散文中这样写：“我聆听波涛的声音，这是永恒的音响。左右着水波搏击的是什么？我仍然认为，这不过是受某种力量支配的缘故。这种力量应该是什么，我也不知道。”

翻阅东山魁夷的画册，是视觉的享受，也是精神的美餐。他的画，以高超的技巧展示了自然的奇妙，也用独特的语言阐述了画家心中的哲思。东山魁夷的画，很多都是以蓝色为基调，画面空旷高远，意境曲折幽深，大自然的寂静和纯净被表现得动人心魄。画册封面上，印的是东山魁夷的名作《白马的森林》，蓝色的森林里，一匹白马，隐隐约约，若有若无，仿佛是飘忽的梦幻。这样的景象，我曾经在四川九寨沟见到过，那是一个宁静的早晨，诺日朗瀑布前无人的山坡上，一匹白马和一匹黑马悠然从我身畔走过，消失在迷茫的晨雾中，使我怀疑自己是置身梦境。东山魁夷会不会也有我这样的经历呢？画面上这匹白马，是画家精神心魂的象征，这是一个在自然中沉醉思索的灵魂，面对着自然和天籁，他凝神伫立，思绪飞向了无人知晓的远方。

东山魁夷的画册中，还有他 20 世纪 70 年代访问中国时画的几幅水墨速写，其中有无锡太湖和扬州瘦西湖的湖光山色，有黄山的云海和松涛，有月光下的桂林山水。这些速写，后来发展成他为唐招提寺画的三幅壁画《黄山晓云》《扬州熏风》和《桂林月宵》。可以想象，中国的山水，曾经在这位大画家的心中留下了多么美妙的记忆。他为唐招提寺画的这些壁画，已经作为中日两国文化交流历史的一部分，以最美的形式，留在了一本时间跨度长达千年的史册中。

东山魁夷的风景画中，很少有人物。但在那几幅画于中国的水墨速写中，却出现了人物。有一幅题为《大寨开垦》的速写，画的是山西昔阳的大寨梯田。“文化大革命”期间访问中国的外国人，很多都被安排去参观大寨，东山魁夷也去了。在画大寨的梯田时，他画了三个正在干活的人，山间小道上，一个人挑着一副担子，另外两个人一前一后扛着一筐土。在群山重叠的画面中，三个人物很小，只是几簇黑色的墨点，然而却触目惊心。我想，当年中国农民那种“战天斗地”的精神，一定使东山魁夷感慨不已，所以才有了画面中

东山魁夷画作

那几个人物。只是，这样的景象，无法描绘在唐招提寺的壁画中。

现代日本画坛有三座“山”：东山魁夷、高山辰雄、加山又造。三座“山”中，最使我流连忘返的是东山魁夷。高山辰雄和我曾有过一面之缘，他也曾将他的画册赠我。东山魁夷作品的无人之境和高山辰雄的人物绘画，交织成热爱自然，向往真善美的博大境界。而加山又造描绘的裸妇，则是现代人的另一种向往。东山魁夷是去年春天去世的，我访问日本时在报上看到他去世的消息，也看到高山辰雄为他主持追悼会的情景。本想到唐招提寺去寻找东山魁夷的足迹，面对他的美妙壁画凭吊这位我钦佩的大画家。唐招提寺画室那两扇紧闭的木门，把我挡在了外面。此刻，读着他的画册，我觉得遗憾已经消散。那匹在蓝色森林里飘翔的白马，使我思绪飞舞，远走天涯。我想，东山魁夷感受到的美已经活在他的画中，谁也无法遮盖，更无法消灭了。

谢谢你，宇野先生。

2000 年 2 月 19 日于四步斋

艺术的宫殿

冬宫的外观，不如想象中那么雄伟。青白相间的三层楼房，没有巨柱支撑的门廊，也没有宽阔的大理石台阶，在当年圣彼得堡的建筑群中，似乎不能算最有气派的一座。然而它却是昔日帝俄的象征。1917 年，人民起义的炮火叩开了冬宫的大门，沙皇尼古拉二世从这里被赶出皇宫，最终被押上刑场。在世人的眼里，冬宫标志着一个旧时代的结束，也标志着一个新时代的开始。

如果说冬宫的外表有什么与众不同的地方，那就是屋顶上的数十尊雕像。那是一群形形色色的古代人物和巨大的花瓶，他们环立在屋顶四周，表情肃穆地俯视着冬宫前的大广场，俯视着冬宫后的涅瓦河，也俯视着冬宫两侧的街道和庭园。沙皇永远失去了冬宫，而这些雕像却依旧默立在屋顶，俯瞰着人世的风云。

然而对于现代人类来说，冬宫的价值大概不在于它的带有传奇色彩的故事，不在于它在历史中的坐标式的地位。人们来寻找它，访问它，在它的殿堂中流连忘返，是因为这里聚集着艺术的瑰宝。在爱好艺术的人们的心目中，埃尔米塔什博物馆的名字，比冬宫更响亮，更令人神往。

埃尔米塔什博物馆，就在巍峨的冬宫之内。

埃尔米塔什博物馆使我惊讶，使我陶醉，使我流连忘返。

我的惊讶是从进入冬宫的那一刻便开始的。从面向涅瓦河的后门进入埃尔米塔什博物馆，艺术气息扑面而来。展现在我面前的是一条两边摆满大理石雕像的长廊，长廊的尽头是白色的大理石楼梯。踏上楼梯抬头环视，满眼尽是白色和金色的雕塑，连天花板上也画满了油画。威严的武士和端庄的美女千姿百态地遍布厅堂，从四壁的每一个角度凝视着你。天花板上，展翅飞舞的小天使在蓝天白云中鸟瞰着你。在这些目光的注视下，一种敬畏之感油然而生，这并不是对皇家气派的敬畏，而是对艺术的敬畏。艺术家竟能在一座石头的建筑中营造出如此辉煌多彩的氛围，简直使人难以想象。然而这只是一段小小的序曲，和以后的内容比，这段序曲便显得平平淡淡了。

冬宫的二楼便是巨大的艺术展览场所。在一间间金碧辉煌的大厅里，陈列着无数珍贵的艺术品，其中不仅有数不清的大理石雕像，还有银器、铜雕、瓷器，最为可观的是油画。几代沙皇都有搜珍纳宝的嗜好，沙皇的使者们从世界各地寻购珍贵的艺术品，意大利的雕塑、法国的家具、波斯的地毯、中国的瓷器，源源不断地运进冬宫，使这座石头的宫殿内部日益缤纷。当然，在埃尔米塔什博物馆，最令世人瞩目的收藏，是油画。这里的油画，琳琅百态，气象万千，使观者眼花缭乱，文艺复兴以来欧洲所有大画家的作品，这里应有尽有。仔细浏览的话，每走几步就可以发现让你眼睛发亮的名字：达·芬奇、米开朗琪罗、拉斐尔、提香、鲁本斯、大卫、德拉克罗瓦、伦勃朗、戈雅、莫奈、列宾、希施金……光是伦勃朗的作品，就有数十余幅，布满了近百平方米的一个展厅。在这些价值连城的名画前，没有任何遮拦，鲁莽的观者伸手便可以触摸到画布。我无法一口气描绘那么多的名画，在一方方金色画框勾出的空间里，展示出画家无限的想象力和创造力，全世界每个角落的风光都在这里，人类的每一种神态都在这里。我想，取出冬宫藏画的百分之一，便可到世界的任何一个城市办一个第一流的画展。从这里随便取一幅画放到中国的哪个美术馆里，都可以成为难得的镇馆之宝。

在埃尔米塔什博物馆浏览一天，无法将这里的油画一一读遍。

在博物馆的中央大厅里，我坐在椅子上，让直立了一天的腿脚稍作休息。我请俄罗斯朋友为我拍了一张照片。回到国内，将胶卷冲洗出来，看到我坐着休息的这张照片，我吃了一惊，我发现自己仿佛是坐在一个宝库的中央，我背后那阔大的空间里，挂着无数大大小小的油画，它们层层叠叠地排列在空中，像一群来自遥远世界的神奇船队，正扬帆而来，向人们展示着艺术的奇妙和丰繁。

陪同我参观埃尔米塔什博物馆的俄罗斯小说家格拉宁很自豪地告诉我："冬宫，同法国的卢浮宫和中国的故宫一样，是世界上最丰富的博物馆之一。"这样的评价并不夸张。格拉宁是俄罗斯当代的大作家，曾经来过中国，也去过北京故宫。我问他，如果把埃尔米塔什博物馆和故宫博物院相比，你会觉得怎么样？他的回答很有意思，他说："故宫里看到的是中国的历史和中国的艺术，而埃尔米塔什是欧洲的艺术，是世界的艺术。当然，要了解中国的文化和艺术，必须去故宫，而想看欧洲的油画，那要到埃尔米塔什来。"

在冬宫上下来回走动后，才发现这建筑其实规模巨大，人在其中行走，渺小如蚁。在里面转了一天，仍然无法对它迷宫般的构造有清晰的认识。我是事后看了介绍埃尔米塔什博物馆的文章和图片，才对它的历史和结构有了较完整的了解。

昔日沙皇的冬宫其实由五个部分组成。这五个部分分别是：冬宫、小埃尔米塔什、旧埃尔米塔什、新埃尔米塔什、剧场和休息室。埃尔米塔什博物馆所占用的建筑，也由这五个部分组成。

冬宫，是这五个部分中最重要的建筑，也就是面对皇宫广场和涅瓦河的那一排主建筑。如果站在涅瓦河对面看过来，这一排宫殿是河岸上最巍峨瑰丽的建筑，无风的日子，涅瓦河上波平浪静，冬宫巍峨的倒影映在河面上，神秘而静谧，楼顶上那一排雕塑和花瓶静静地从河底浮升起来，如同神话在水中上演。只是涅瓦河上难得有波平如镜的时候，在斑斓波光中，这水中倒影便成了莫奈的印象派油画。冬宫的建筑风格，属于俄罗斯的巴洛克式，动工于1754年，落成于1762年，前后花了12年时间。设计这座宫殿的是18世纪著名的建筑师法朗契斯柯·巴托洛米欧·拉斯特利列。这位建筑师祖籍意大利，出生于巴黎，少年时代随父亲来俄罗斯，后又去意大利学习建筑设计，回到俄国后成为极受皇室器重的设计师。在圣彼得堡，除了冬宫，他还设计了皇村的叶卡捷琳娜宫、斯莫尔尼修道院等著名建筑。这两幢建筑，我都见到过，虽然没有冬宫那么大，但也一样精美绝伦。叶卡捷琳娜宫的金色圆顶，曾出现在普希金的诗篇中。当然，这位建筑大师留给世人的作品，最了不起的还是冬宫。他巧妙地利用了周围的自然景色，把冬宫和波涛汹涌的涅瓦河连为一体，使它成为一座神奇的水上宫殿。在世界建筑史上，冬宫设计的完美和建筑的成功，一向为世人所公认。历经两个多世纪，这座建筑魅力依旧。艺术的建筑，容纳着艺术的博览，可谓珠联璧合。

小埃尔米塔什，建于1764年至1775年之间，也花了十来年时间。这是根据叶卡捷琳娜女王的旨意建造的。这部分建筑沿着冬宫正面向东延伸，作为冬宫的扩充，用一座石桥相连。为什么会取名“埃尔米塔什”？俄语“埃尔米塔什”，是从法语的同音词直译引进的，法语“埃尔米塔什”是指古代隐修教士的住所，也是指僻静、幽静的所在。把皇宫的一部分称为“埃尔米塔什”，是指皇宫里休闲、娱乐的场所。当时，叶卡捷琳娜女皇在冬宫建造埃尔米塔什，主要目的就是为皇宫建立画廊或美术馆。在筹建埃尔米塔什的同时，这里的第一批藏画也从德国运到了俄国。叶卡捷琳娜女皇从一个德国商人那里购得了第一批油画，共 225 幅，其中有伦勃朗和哈尔斯的作品。此后，世界各地名画家的作品，从四面八方源源不断汇集到俄国，汇集到冬宫。冬宫的其他三部分建筑，其实是和冬宫连成一体的一个建筑群，它们和冬宫组合成一个“凹”型的建筑，虽然都只有三层楼，但却显得气势恢宏。“新埃尔米塔什”落成于 1851 年，和冬宫的动工相隔有一百多年了。造“新埃尔米塔什”，目标便非常明确，是专门为博物馆设计的。“新埃尔米塔什”落成的第二年，这里便正式成为皇家美术馆。而在“十月革命”胜利后，整个皇宫，便都成为博物馆。叶卡捷琳娜女皇大概做梦也没有想到，她精心构筑的皇宫，日后会成为世界上最大的博物馆之一，成为来自世界各地的艺术爱好者的流连景仰之地。

从这些艺术珍品前匆匆而过时，我的心里涌起一个疑问：沙皇当年收集这么多艺术品，究竟是为了什么？是出于对艺术的热爱，出于审美的需要，还是为了炫耀皇宫的豪富，满足一种占有天下的欲望？或者是两者兼而有之？沙皇的苦心，可谓成果累累，冬宫里，可以说是汇集了数百年来人类艺术创造的精华。贫穷的俄罗斯为沙皇的这种嗜好付出的代价是可以想见的，那是河一样流淌的血汗，山一样高筑的白骨……

把埃尔米塔什博物馆的美术作品比作一片浩瀚之海，大概一点也不过分。我们不妨来看一些数字。十月革命胜利之后，埃尔米塔什美术馆收藏的艺术品总数多达 280 多万件，其中，欧洲的油画有将近 8 千幅，雕塑 2 千多件，版画和素描 50 多万件，工艺美术品将近 7 万件。这些数字中，还不包括古希腊、古罗马、古埃及和古代中国的不计其数的珍贵文物。如果想仔细欣赏埃尔米塔什博物馆的收藏，花一年时间也不为多。著名的俄罗斯汉学家孟列夫曾陪我参观一个保存中国敦煌文物的大仓库，几百平方米的大厅里，堆满了千百年前的中国典籍、书卷、经文、手卷、绘画……俄罗斯的汉学家们只是整理了其中的一部分藏品的目录，就写成了厚厚的一本本专著，孟列夫的一本著作，就是中国古代手抄本的目录汇编，而这些手抄本，都静静地躺在昔日的皇宫深处。在那个大厅里徘徊时，我曾经生出一点悲哀和愤慨，这些藏品，对中国来说，也许是国宝，在这里，它们只是无声无息地躺在幽暗的柜橱中，难得有见到天日的时候。这些中国的国宝，是如何流传到了这里？其中的故事，大概可以写一本使中国人流泪的书。不过，可以给人一点欣慰的是，它们还完好无损地被保存着，只是远在异国他乡。我想，以宏观的历史眼光来看，由这样一个规模巨大的博物馆展现人类的智慧和艺术，应该是一件好事。像法国的卢浮宫，美国的大都会博物馆，中国的故宫博物院一样，埃尔米塔什博物馆中的收藏，不仅属于俄罗斯，也属于全世界，属于全人类。

且把埃尔米塔什博物馆的藏品比作一片海洋吧。这海洋中晶莹的浪花，究竟从何而来？

18 世纪后叶，在彼得大帝励精图治创立起来的繁荣强盛的基础上，俄国作为一个欧洲强国正在不断崛起。当时，不仅叶卡捷琳娜女皇自己喜欢收藏油画和艺术品，俄罗斯的知识精英也已经意识到在俄国建立艺术博物馆的必要，他们认为，作为一个强大的国家，应当有一个与之相称的博物馆，既收藏本国的艺术品，也收藏世界各地的艺术品。他们的想法，和叶卡捷琳娜女皇不谋而合。在她之前，路易十四等几个欧洲大国的君主都是大收藏家，她也想跻身他们的行列。这位专断强悍的女皇，一旦确立了目标，便会不遗余力地去谋求实现。她说：“这不是爱好艺术，而是贪得无厌。我不是风雅之士，而是饕餮之徒。”叶卡捷琳娜虽然口里这么说，实际上她还是一个愿意花一点工夫探究艺术的君王。在这方面，法国哲学家狄德罗给了她很大的帮助。狄德罗是叶卡捷琳娜的私人朋友，他在艺术方面的修养和见解很大程度上影响了女皇的观念和趣味。此外，当时俄国一些文化修养较深的贵族，也给了她很有益的建议。譬如当过驻法国和荷兰大使的戈利青，纪念碑《青铜骑士》的作者、著名雕塑家法尔科内。在叶卡捷琳娜女皇的亲自策划和支持下，俄国皇宫决定在西欧国家物色藏品丰富的私人收藏作为采购对象，这项任务由俄国驻西欧各国的使臣们来完成。1764 年从德国商人那里购得的第一批油画，只是俄国皇宫大规模采购油画的一个序曲。俄国皇宫的主要收购行动在巴黎进行，因为当时巴黎是欧洲艺术的中心。另外，在德累斯顿、伦敦、罗马和阿姆斯特丹、海牙等城市，俄国皇宫的收藏家们也在同步行动。

1767 年，俄国大使戈利青在巴黎的拍卖行里购买到了第一批艺术品。这是法国著名收藏家让·德·朱利安的私人藏品。朱利安是法国大画家华托的朋友，他的这批藏品中有伦勃朗的《持眼镜的老妇像》，有和伦勃朗同时代的画家梅蒂绥的《女病人和医生》、丹尼斯的《农民婚礼》等名作。第二年，又从昔日路易十五秘书的收藏中购得伦勃朗的学生多乌的三件作品，还有德国名画家克拉纳赫的《逃亡埃及途中的休息》。这一年，戈利青还有一个重大收获，从巴黎一位并不太出名的收藏家手中，他购得了伦勃朗的伟大代表作《浪子回头》。

1769 年，德累斯顿贵族布留列伯爵的后裔将家族所藏的一大批艺术收藏品卖给俄国皇宫，其中的大量版画和素描，成为埃尔米塔什博物馆版画素描收藏的基础。在这批收藏品中，有法国画家布歇的作品《窘迫的请求》和《逃往埃及途中的休息》。

戈利青从巴黎大使调任海牙使臣后，他在欧洲采购艺术品的活动就更为广泛活跃。他在荷兰和比利时的艺术市场辛勤采撷，时有收获。与此同时，他仍然和巴黎保持着联系，不放弃任何一次可能购得艺术珍品的机会。1768 年，戈利青在布鲁塞尔从奥地利宫廷全权大臣柯贝茨利手中买到 46 幅油画，其中有鲁本斯的几幅作品，还有六千多幅素描。1771 年，戈利青在海牙购得著名收藏家布拉卡姆斯的一大批藏画，然而在运往圣彼得堡途中，轮船遇到风暴沉没，那一批名画也葬身海底。

1772 年，埃尔米塔什又有重要收获。那一年，戈利青在狄德罗等人的帮助下，从巴黎最有实力的艺术收藏家克罗塞家族手中购买到一大批名画。克罗塞的艺术收藏，在 18 世纪上半叶是法国首屈一指的，他是巴黎巨富，为收藏艺术珍品不惜一掷万金。他把自己丰富的收藏陈列在厅堂里，向艺术家和爱好者们开放。克罗塞去世后，他收藏的一部分艺术品逐渐流失，而他收藏的近 400 幅油画名作依然完整地被家族保存着。戈利青千方百计，花费了将近 43 万银币，将这批作品中的大部分购买下来，收入埃尔米塔什的库藏。这批交易使埃尔米塔什得到不少西欧古典艺术大师的稀世珍品，特别是意大利画派的作品，譬如拉菲尔的《圣母与年轻的约瑟》、乔尔乔内的《朱提斯》、提香的《丹娜伊》、委罗纳塞的《哀悼基督》、丁托列托的《施洗者约翰的诞生》等，另外，还有鲁本斯的五幅画稿、伦勃朗的几幅油画，都是世界油画艺术的杰作。克罗塞藏画中的法国作品中，有路易·勒南、普桑、华托、夏尔丹等名家的力作。这笔交易的成功，使埃尔米塔什的藏品大为丰富。这件事情，使狄德罗感叹不已，一方面，他在帮忙促成这样的交易，一方面，他又为这些艺术珍宝离开法国进入俄国而遗憾。在给雕塑家法尔内科的信中，他这样写道："啊，我的法尔内科老友，我们经历了一个多大的变化！我们在和平时期出售画幅和雕像，而叶卡捷琳娜却在战时收购它们。科学、艺术、风雅和智慧流向了北方，而蒙昧则挟其相关的事物涌到了南方。"狄德罗在为法国的艺术品流失而叹息时，情不自禁地为叶卡捷琳娜的眼光和气魄感慨。也许，没有叶卡捷琳娜的这种眼光和气魄，

朱提斯
[意]乔尔乔内
油画

就不会有现在的埃尔米塔什博物馆。

1779年，埃尔米塔什收藏史上又一次意义重大的采购活动发生在英国伦敦。在乔治一世和二世执政期间曾任首相的罗伯特·沃波列是18世纪上半叶英国最重要的艺术收藏家之一。他的藏画具有典型的英国藏画的特征，不同于法国，法国收藏家的藏画多以荷兰的风俗画和风景画为主，而沃波列的收藏中，很大一部分是17世纪意大利画家的作品，也有鲁本斯、伦勃朗、普桑的作品，还有凡·戴克在英国逗留期间留下的作品。埃尔米塔什收购西欧油画的热情引起沃波列后代的注意，他们权衡得失后，决定把自己的藏画卖给俄国。当这件巨大的买卖消息传出后，在英国社会引起强烈反响，很多英国人对此表示不满，甚至很愤怒。有人在议会对此事发出质问，还有人试图阻挠这批艺术品出境。然而，这笔巨大的艺术交易还是成功了，沃波列的198件藏画进入了埃尔米塔什博物馆的藏画目录。这批画中，有鲁本斯的《西蒙家的宴席》《运石工人》《酒神节》和他为凯旋门创作的一组画稿，还有凡·戴克的《圣母与鹧鸪》、斯奈达尔斯的《鸟的音乐会》、约尔旦斯的《群像》等。为这一批画，就可以专门建立一个博物馆，然而埃尔米塔什的目标和胃口要远大得多。

俄国皇宫不仅将寻珍觅宝的目光盯着西欧，对国内的收藏家，也没有视而不见。在18世纪中叶，俄国已经有了一批相当有眼光有实力的私人艺术品收藏家，他们的藏品，量多质高，可以和西欧的收藏家媲美。有几位大收藏家，一直舍不得把自己收藏的油画转让给皇宫，但是十月革命之后，这些昔日贵族和富豪的艺术收藏，大多收归国有，进入了埃尔米塔什藏品的目录。

埃尔米塔什的收藏，在某种意义上也推动促进了欧洲当时的艺术创作活动。俄国皇宫除了在拍卖行收购作品，向收藏家购买藏品，还直接向艺术家订购作品。对这个品位不俗、实力雄厚的大买主，画家们都乐于打交道。接受埃尔米塔什订单的画家，有法国的格勒兹、夏尔丹、韦内尔等画家。值得一提的是当时著名的英国画家雷诺兹，也接受了埃尔米塔什的订件。并被允许由他自行选择绘画的题材。他的名作《将毒蛇窒息而死的幼童赫拉克列斯》，便是应埃尔米塔什之约而作。叶卡捷琳娜女王对订购画家作品的事，常常亲自过问，对这样的事情，她总是乐此不疲。

我们可以想象一下，叶卡捷琳娜女王面对着源源不断涌入皇宫的这些艺术珍宝，会有些什么感觉。空空荡荡的皇宫里，突然变得色彩斑斓，全世界的风光和表情，都汇集在她的厅堂里，渴望成为世界上最大收藏家的女皇也许会觉得美梦已经成真。陈列在埃尔米塔什的这些艺术品，开始有点杂乱无章，它们被随意地挂在墙上，作为皇宫里的一种装饰品。叶卡捷琳娜常常在挂满了油画、陈列着各种艺术品的大厅和走廊里漫步，浏览这些耗费巨资换得的艺术珍宝，她的目光中充满了欣喜和满足。她在给近臣格林的信中写道："我小小的陋室，从寝宫来回要走三千步。我在这里漫步，四周全是赏心悦目的艺术珍品，我现在之所以身体状态良好并恢复了健康，全靠一冬天的这些散步。"叶卡捷琳娜女王在俄国执政时间长达 34 年（1762—1796），在俄国历史上，这是一个有争议的人物。但是她对俄罗斯文化和艺术的繁荣所作的贡献，却是任何人也无法否认的。也许可以这么说，如果没有叶卡捷琳娜，就不会有今天的埃尔米塔什博物馆。不管她当时收购这些艺术品是出于何种目的，说她是虚荣也好，是无聊的消闲也好，但是她以如此的魄力将这么多的艺术珍品收集到俄罗斯，并为此建立博物馆，这样的举动，对文化的积累和艺术的传播，应是一大功绩。

叶卡捷琳娜去世时，埃尔米塔什的藏画已多达三千余幅。女皇去世后，俄国皇室为管理这些藏画成立了一个专门委员会，成员多为皇家美术学院院士。他们为埃尔米塔什的藏画编出了详尽的目录。

土地与水的联盟　[德]鲁本斯　油画

这些画，有时被搬出埃尔米塔什，到皇室外的其他宫殿、城堡和别墅里展出，但因为有目录和严格的管理，它们不可能流失。叶卡捷琳娜去世后的头十年，埃尔米塔什对艺术品的收购失去了昔日的规模，但依然没有中断。那十年中，陆续收购到了鲁本斯的《土地与水的联盟》、弗拉戈纳尔的《农场主的子女》等名画，以及韦内尔和罗贝尔的一些风景画。

到 19 世纪上半叶，埃尔米塔什又有了一位有眼光的管理者，他的名字叫拉奔斯基。拉奔斯基也是画家，曾做过皇宫的绘画装饰师。从 1797 年开始，他负责管理埃尔米塔什的绘画收藏，一直到 1849 年，整整半个世纪。绘画的收购，受到皇室的许多限制，但是，在他有限的职权内，他却为埃尔米塔什作出了卓越的贡献。1808 年，他去巴黎出差，购得两幅难得的油画名作，一幅是卡拉瓦乔的《弹曼陀铃的姑娘》，另一幅当时也被人认为是卡拉瓦乔的作品，后来才被确认是斯帕达的《圣彼得的受难》。拉奔斯基那双鹰一般的眼睛，一看到这两幅画便灼灼发光，尽管囊中并不丰盈，但他绞尽脑汁，把这两幅画买到了埃尔米塔什名下。经他之手购得的名画，还有荷兰画家霍赫的油画《主妇与仆人》、尚帕涅的《摩西》等。

1812 年，拿破仑大兵压境，俄法战争打得难解难分。法国军队兵临城下，俄国皇宫里曾一片慌乱。当时的景象，我们在托尔斯泰的《战争与和平》中可以有所领略。如果法国人打进冬宫，这些珍宝怎么办？唯一的办法，便是撤离和转移。皇宫已经准备做这样的安排。然而俄国统帅库图佐夫神机妙算，在冰天雪地中拖垮了拿破仑的军队。法国军队丢盔弃甲，几乎全军覆灭，拿破仑带着耻辱和悔恨回到巴黎，他再也无缘看到埃尔米塔什的珍宝。1814 年，俄皇亚历山大一世购进了曾归拿破仑皇后约瑟芬的马尔密松宫收藏的大部分藏画，共 118 件，其中有伦勃朗的《下十字架》、泰尔柏赫的《一杯柠檬水》、梅蒂绥的《早餐》、法国画家洛朗的组画《晨》《中午》《傍晚》《夜》，还有鲁本斯和丹尼斯的几幅名作。15 年后，约瑟芬收藏的另外几幅伦勃朗和里贝拉等画家的名画，也被拉奔斯基想方设法从她的女儿手中购得。此时，在荒凉的圣赫勒岛上，当年曾经觊觎过冬宫的拿破仑，已经静静地化为一抔泥土。

在 19 世纪，埃尔米塔什的收藏活动，还有一些事件值得一记。18 世纪末 19 世纪初，西班牙的绘画引起世界的注目。埃尔米塔什最初的收藏中，除了牟里罗的几幅作品，几乎没有什么西班牙的油画。1814 年，在阿姆斯特丹，埃尔米塔什从一位英国银行家手中购得一批西班牙画家的油画，其中有委拉斯贵支、苏巴朗等名家的佳作。在 18 世纪中期，又在巴黎等地购得不少西班牙油画。19 世纪下半叶，又有几幅重要的作品进入埃尔米塔什。1866 年，从意大利贵族利达公爵手中购得达·芬奇的《利达圣母》(此画因为利达公爵收藏，故称《利达圣母》)；1870 年，在佩鲁贾购得拉菲尔的《柯内斯达比尔圣母》(此画原由柯内斯达比尔伯爵收藏，故得名)。这两幅圣母像，成为埃尔米塔什两颗耀眼的明珠。

从 19 世纪开始，俄国皇宫也开始注意收集本国画家的作品，并在埃尔米塔什开辟专门的陈列厅。后来，皇室决定俄国艺术家的作品都由亚历山大三世博物馆收藏，埃尔米塔什便将俄国美术作品悉数转交。所以，在埃尔米塔什，我们看不到俄罗斯的油画。

十月革命胜利后，埃尔米塔什没有遭到任何破坏，俄国皇室珍爱艺术善于搜集珍宝的传统，被苏维埃政权继承了。革命的胜利者把俄国贵族收藏的名画大多收归国有，那些本来面对求购的皇室也要搭一点架子的贵族们，此时只能老老实实地把家里的珍宝拱手交出。苏维埃政权的领导人对艺术也不是外行。他们在莫斯科建立了莫斯科国立造型艺术馆，这个艺术馆中，不仅集中了大量西欧和中欧的绘画，还收集了大量印象派、后印象派以及马蒂斯、毕加索等画家的作品。为了充实国立艺术馆的藏品，他们从埃尔米塔什调出 400

多幅油画，其中有伦勃朗、鲁本斯、凡·戴克、提香、约尔代斯、普桑、华托等大师的作品。对埃尔米塔什来说，当然是重大的损失。然而，作为补偿，从莫斯科调集了一大批19世纪末20世纪初法国画家的作品，这正是埃尔米塔什求之不得的。这批油画中，有莫奈、毕沙罗、西斯莱、高更、德加、塞尚、马蒂斯、毕加索等人的作品。而在这之前，埃尔米塔什几乎没有这类作品。19世纪至20世纪法国绘画作为埃尔米塔什新的陈列部门从此建立。加上原来法国画派的收藏，埃尔米塔什博物馆用40个厅室陈列法国绘画。在全世界，除了法国本土，没有一个博物馆藏有如此丰富的法国绘画。

十月革命之前，埃尔米塔什是皇宫，虽然早在1852年便正式建立了美术馆，但一切归属于皇室。进入美术馆参观要得到一个皇家委员会批准，每年能进去参观的人数不超过三五百人。1863年后，埃尔米塔什美术馆开始自由开放，每年约有16万人进去参观。十月革命胜利后，埃尔米塔什成了世人瞩目的博物馆，每年的参观者高达数百万人。

我，一个来自东方的中国人，徜徉在冬宫宽敞曲折的回廊中，只觉得自己的目光如同一叶扁舟面对着浩瀚大洋。在千姿百态的水晶吊灯光芒的照射下，我的眼前铺展开一片令人目眩的艺术海洋，这是五六百年来西方油画大师们智慧和情感的结晶。

2000年春

沉默的眼神

欧洲的古典油画，大多数题材都来源于《圣经》,《圣经》中的人物是画中的主角。有人用画笔和色彩神化这些人物，也有人把传说中的圣人画成生活中的凡人。有人只是机械地图解《圣经》故事，有人却通过自己的思考和分析，画出了《圣经》人物内心的喜怒哀乐。这两者的区别，就是庸常之辈和大师巨匠的区别。

在埃尔米塔什博物馆，拉斐尔画的《康内斯坦伯圣母图》虽只是小小的一幅，却是整个博物馆油画藏品中最引人注目的。和拉斐尔在西斯廷教堂里画的那些巨幅壁画相比，这幅圣母像似乎微不足道。然而谁也不能否认，这是一幅了不起的画。画面上，圣母抱着赤身裸体的小耶稣，站在田野里。此时正是春天，田里泛出清新的翠绿，花草和树木正在发芽。圣母站在春光中，和小耶稣一起读她手中的一本书。小耶稣还是不谙世事的婴儿，却对圣母手中的书很感兴趣，他伸出手来，想翻动那本书，目光也聚精会神地盯着书本。很明显，画家的意图是要表现耶稣的聪慧，小小年纪已经非同寻常。虽然也是一种概念的产物，却画得自然动人。也许是怕辱没了大画家，小小一幅画，镶嵌在精致繁复的大镜框里，金色的外框，反衬

康内斯坦伯圣母图　［意］拉斐尔　油画

着朴素的画面，也算是以小见大了。

拉斐尔在埃尔米塔什还有一幅画《圣家庭》，也是宗教题材。画面上的这个家庭，对读过《圣经》的人们都不会陌生。圣母玛丽亚和她的丈夫若瑟，还有他们的儿子耶稣，这并不是一个普通的组合。玛丽亚未婚先孕，使她怀孕的并不是若瑟，而是她并未谋面的圣神。善良的若瑟知道玛丽亚怀孕，并不告发她，只是打算悄悄地退婚，以免令受耻辱。后来天使托梦给若瑟，要他娶玛

圣家庭 [意]拉斐尔 油画

丽亚，并告诉他玛丽亚因圣神而受孕，她生下的儿子应取名耶稣，耶稣将拯救百姓于罪恶之中。于是若瑟将玛丽亚娶回家中，但终生不和她同房。玛丽亚如天使预言，生下一个男孩，若瑟为他取名耶稣。拉斐尔描绘的，就是这样一个家庭。耶稣是玛丽亚的亲生骨肉，对若瑟而言，这男孩只是他的义子。画面上若瑟的神情严肃，他低头凝视着耶稣，正在沉思。对若瑟来说，他的精神上是有压力的，妻子生下的孩子，和自己其实毫无关系，但他知道这个孩子将成为拯救众生的伟人。伟人也要从婴儿一点一点长大，也要经历凡人必须经历的过程，这过程中有各种各样的痛苦和危险，他无法逃避，还必须勇敢地面对。因为担负着抚养耶稣的重任，若瑟成了了不起的圣父。在很多描绘圣家庭的油画中，若瑟总是处于一个不重要的地位，圣母和耶稣是主角，他只是配角，默默地站在画面一角。在拉斐尔的这幅画中，若瑟所占的地位和玛丽亚相等，他和玛丽亚一样，头上顶着光环。画面上玛丽亚默默地凝视着自己的丈夫，目光流露出来的是一种沉静，也许其中还应该蕴涵着感激。她由衷地感激若瑟为她所做的牺牲，他牺牲了凡人的欲望，牺牲了丈夫的权利，只是尽心尽力和她一起分担哺养基督的重任。更耐人寻味的是小耶稣的目光，他坐在母亲的腿上，依偎在母亲的怀里，却转过脸来仰望着若瑟，他的目光深邃而神秘，绝不是一个尚未涉世的婴儿的目光。小耶稣的目光中，包含着千言万语，只有若瑟才能理解这些语言。这是一幅沉默的画，虽说是描绘一个家庭，却看不到世俗意义的家庭欢乐，我们在画中感觉到的是严谨和肃穆。玛丽亚的温和圣洁，若瑟的宽厚苦涩，耶稣的聪颖睿智，交融成这个圣家庭超凡脱俗的氛围。

拉斐尔创作此画时是否如此想，我不知道。不过可以断定，他绝不是那种人云亦云，只会依样画瓢的画匠。和西斯廷教堂那些不朽的巨幅壁画相比，埃尔米塔什博物馆收藏的这两幅油画，只是拉斐尔创作中的小品。从小品中，也可以窥见大师风范。

2000 年 1 月

浪子回头

在埃尔米塔什博物馆二楼，无意中走进一个普通的展厅。踏进这个宽大的厅堂，我无法形容自己的震惊。整个展厅里，全部都是伦勃朗的油画。那些以前只能在画册中见到的名画，如今平易近人地挂在墙上，油画中那些栩栩如生的人物，以各种各样的表情默默地凝视你，观察你，圣母、农妇、学者、诗人、天使和恶魔，画中人物的身份反差是如此强烈，但你会觉得他们的表情恰如其分。从他们的凝视和观察中，你能感受到四百多年前的生活气息，感受到过去时代各色人物复杂的感情。伦勃朗描绘的对象大多是人物，环境大多在室内，画中人在幽暗中睁大了眼睛，摇曳的烛火在他们的瞳仁里闪动，内心的静谧和波动，都在这些被烛火辉映的眼睛里流泻。置身在伦勃朗的世界里，仿佛突然被一群陌生的古人包围。马克思曾经这样评论伦勃朗，说他“把圣母画成尼德兰农妇的样子”。这是一种很有意思的评价，其实，欧洲成功的画家在表现宗教题材时，无不展示着他们所观察到的现实，达·芬奇、米开朗琪罗、拉斐尔、鲁本斯，他们哪个不是这样呢？

在展厅的一个显眼处，我看到了一幅很熟悉的画，画面上一个衣

浪子回头　[何]伦勃朗　油画

衫褴褛的流浪汉，跪倒在一个红衣神父的脚下，神父表情中充满了怜悯，他俯下身子，抚摸着流浪汉的肩膀。而画面上的另外三个人，则默默地注视着流浪汉，脸上含着淡淡的微笑。这就是伦勃朗的名画《浪子回头》。伦勃朗完成此画是在 1668 年，也就是他辞世的前一年。这是他晚年最重要的作品，也是他影响最大的作品之一，我曾经在很多印刷品中看到过这幅画。此刻，在我完全没有思想准备的时候，这幅画突然出现在眼前，而且距离如此之近，伸手便可触及。那种感觉，好像是一件久觅不得的宝物，平时只闻其名而不见其形，而它的出现却是在无意之间。在近处细看这幅名画，我的心灵还是受到了震动。画中的四个人物，伦勃朗画得最用心的是那个跪倒在神父脚下的浪子，我们看不见他的脸，看不到他脸上的表情，但是从他佝偻的背影，从他衣冠不整的装束，可以想见他经历过的磨难。他的脚上，只剩下一只鞋子，他光着一只脚瘸瘸拐拐地走进教堂时，样子一定很狼狈。这浪子，应该是一个叛逆者，他最初的出走，大概属于冒天下之大不韪。他为叛逆付出的代价是颠沛流离，饱尝人世的各种苦痛。一个没有信仰的人，遭到社会的排斥和唾弃。所以他回头了，重新跪倒在神父的脚下。浪子回头，是一种精神的回归，还是一种探求的失败？这样的题材，有明显的劝教成分，但不同的观者自会引起不同的联想。画面正中，有一个隐匿在阴影中的老妇，虽然在幽暗中，但可以看到她脸上由衷的笑容，这笑容表达的并不是居高临下的宽恕，而是一种发自内心的喜悦。我的感觉，在这幅画中，这个从幽暗中发出的微笑是最明亮的一笔。这真诚的一笑，化解了画面中原本沉重沉郁的宗教气息。

埃尔米塔什博物馆是世界上收藏伦勃朗作品最多的博物馆。在这里，还有伦勃朗的另一幅名画《丹娜伊》，在伦勃朗的笔下，这位传说中的圣女被画成了一个极其普通的世俗女子，这样的形象，正是画家心目中的美女。俄罗斯的画家们尊敬伦勃朗，他们的创作风格也多少受到伦勃朗影响。在克拉姆斯柯依、列宾、苏里柯夫、赛罗夫、斯塔索夫和罗文斯基等人的作品中，也许都能依稀看到这种影响。

2000 年 1 月

话说德加

画面有些朦胧，水汽在空气中漾动。沐浴完毕的女子刚刚离开澡盆，用梳子梳理着湿漉漉的长发，用白色的纱巾擦拭着身体。天光从我们看不见的窗户里斜射进来，透过蒸汽的氤氲，在窄小的屋子里流动，健康的裸体正经受日光的沐浴，光线下身体的曲线柔和，凹凸分明。这样的场景，在生活中只是一个瞬间，画家将它们摄入自己的画框，定格成永恒的画面。我不知道被画的那两个女性是谁，是画家熟悉的女性，还是临时请来的女模特。当时还没有盛行照相术，画家不可能先拍照，再根据照片作画。这样动作着的人体，只能以速写的形式记下来，然后再根据记忆和想象来完成作品。看他的这些画，能感觉画家的回忆和想象的过程。看人物的体态，找不到贵妇淑女的纤弱，有的是劳动女性的健壮。画面是无声的，裸女无言，表情也显得沉静，看不见她们的眼神，无法探知她们的心思。但画中人在动，动作徐缓优雅，不慌不忙，延长着每一个细微的动作，仿佛电影中的慢镜头。流动的光线使画面平添几分迷离的气息。

埃德加·德加的这类油画，和他之前的画家以及他同时代的大多数画家相比，风格明显不一样，粗放简练取代了精确细腻，生动平常的生活气息取代了呆板做作的造型。德加画这类人体油画是在19世纪80年代，当时印象派绘画已经出现，德加的创作风格和印象派画家们很接近。作为一个油画家，德加写实的功夫是第一流的，他早期的创作中有很多写实风格的历史题材作品和人物肖像，这些画继承了老祖宗们的衣钵，展现了高超的写实技巧。然而德加不是一个在艺术上墨守成规的画家，他和同时代的很多画家一样，在不断探索求变。先是绘画的内容的变化，从常见的历史宗教题材和一般的肖像，转为他能直接接触观察到的生活场面，他用手中的画笔准确敏感地再现戏院、赛马场、咖啡馆和街头所见的场面。绘画的方法则变得简洁有力，有点像油画的速写。然而这样的变化，对一个画家，对当时的画坛，却是非同小可的事情。可以想象，面对着如此新鲜的画面，当时人们的好奇和惊愕。

德加和莫奈是同一个时代的画家，又同在艺术空气浓郁、审美宽容度极大的法国，他们之间的接近是理所当然的事情。19世纪60年代中叶，德加和莫奈及其派别越来越亲密，他曾经参加过不少次印象派画家的画展。德加参展的作品都以现实生活中的场景为题材，如《歌剧魔鬼罗伯特中的舞蹈》《管弦乐演奏者》《芭蕾舞休息室》《赛马》《苦艾酒》《洗衣妇》等。这些作品，都已成为德加的代表作。我曾在国内的美术读物中看到这样的议论："由于德加受印象派的影响，丧失了对于会面对象的社会本质的兴趣，首先关心的是事物的外表，直接看得见的一面。德加为了要铭记瞬间的、偶然从生活中抓住的现象，便采取一些不平常的透视缩减，人物及物体的位置极不均衡。进一步，德加的创作便变得没有了思想性，滋长了形式主义和对人对社会生活漠不关心的唯美主义，冷漠的怀疑论，而一味自我陶醉于奇怪的透视缩减和斑斓的色彩效果中。"这样的观点，实在有点不知所云。德加以大半生精力致力于描绘普通人的生

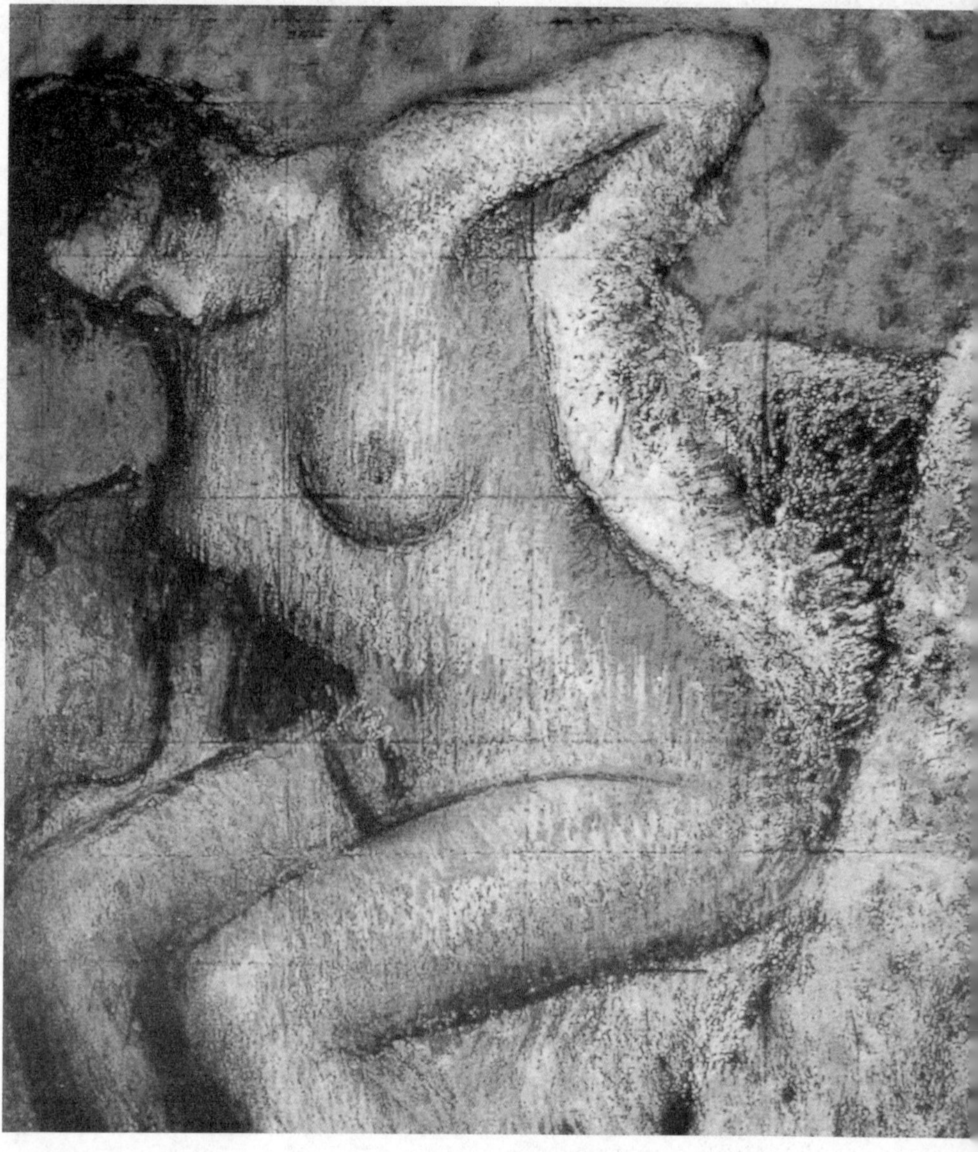

正在擦身的女人　［法］德加　油画

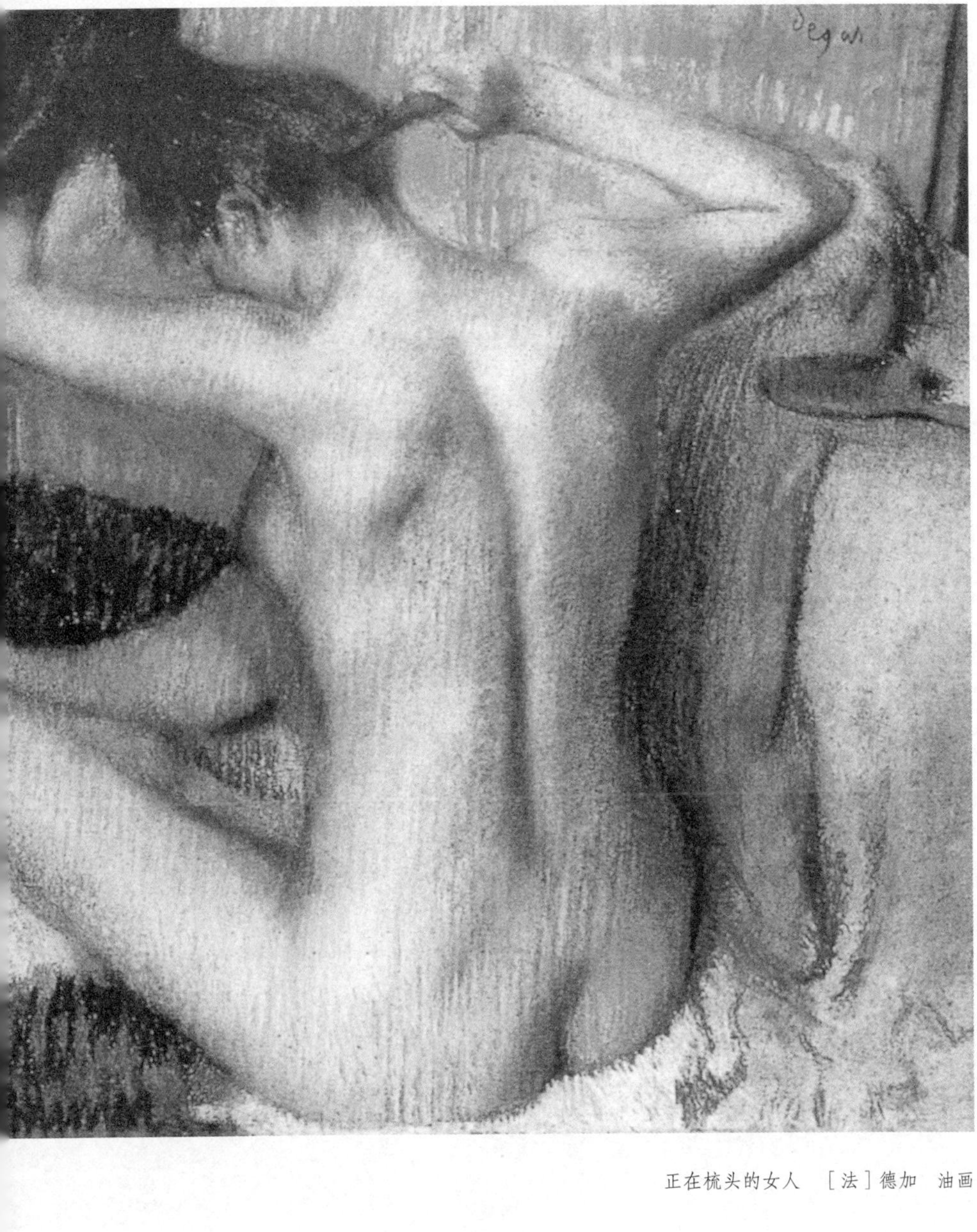

正在梳头的女人　[法]德加　油画

活，这要倾注多少热情。说他“对人对社会漠不关心”，不知道依据何在。作为一个有个性的画家，德加对表现形式的追求伴随着他创作的整个历程，这正是他成为一个大画家的秘诀，也是他和那些平庸之辈的主要区别。

2000 年 1 月

德朗的树

德朗画的树和别人不一样。他的树是大地的一部分，树干如同钟乳石从岩石中伸出来，两者是一个不可分割的整体，树干颜色也和大地一样。如果大地是一个人的躯体，那些粗壮的树干就像是结实有力的手臂伸展出来，像是在呼唤着什么，又像是要拥抱什么。他不喜欢仔细描绘树叶，而是把它们画成一团团一簇簇，像一缕缕烟，一片片浓重的云，缠绕在树干上。大自然中的树肯定不会是这样的，但看德朗画的树，却不会觉得它们不真实。德朗描绘它们时，也许删除了很多繁枝冗结，也剔去了那些残枝败叶，只留下树的最健美的部分，于是他的树都显得硕壮健美，非同寻常。

从这些树中，可以窥见画家的思想。这是一个冷静地面对世界的艺术家，爱简略而不喜繁复，他的画，色调大多冷峻，画面也多趋向于沉静，如果画人，画中人物的表情绝不会夸张，也是一种沉静思索的神情。埃尔米塔什博物馆中有他的《穿黑衣的年轻女子肖像》，画中女子文雅清秀，轮廓简洁，色调以黑白为主，人物的背景只是一片单纯的天青色，像天空，也像湖水。在西方的油画人像中，这样的肖像画也显得很独特，有点像传统的中国画。中国的传统出

园林　［法］德朗　油画

穿黑衣的年轻女子肖像 ［法］德朗 油画

现在西方的艺术中，就可能是一种全新的创造。如果把画中的女子比作一棵树，这是一棵枝头结着蓓蕾却没有绿叶的梅花树，耐人寻味。当然，也可以联想清荷出水，秀竹临风。

德朗画这些画时，世界已经进入 20 世纪。画家们不再满足于传统的写实，他们总是力图用色彩表达内心的情感，表达对世界的思考。即便是在画树和静物时，我们也能体会到他们的这种努力。不过，和毕加索他们相比，德朗还是表现出对传统的依恋。他在探索的路上前行，却没有走得更远。其实，走一步和走几十步，很难说谁走得更成功。毕加索这样永远不安分，永远在设法创新的艺术天才，毕竟是凤毛麟角。而且，毕加索的有些异想天开的变形的画，实在有悖于常人的审美习惯，并不是人人都能接受的。走得太远，最终迷失了自己，还不如坚守在自己熟悉的土地上，只要根扎得深，树苗总能长成大树。

2000 年 1 月

天地间的烛光

很平常的乡村景色，原野中的小路，路边的风车和磨房。为什么这幅画会在我的记忆中留下如此深刻的印象？我常常想起那静止的画面，静止中，燃烧着一种无法言说的激情，一种神秘的预兆，一种用文字很难表达的氛围。

我仔细想了一下，形成这种艺术效果的原因，是幽暗的画面中的那团耀眼的云。四周的天是暗的，暗如阴郁的夜空，而天地间却有一团云奇异地亮着，犹如一团燃烧的火。这团云为什么会如此辉煌？是云层的背后蕴藏着尚未陨落的夕阳，还是从西方地平线上反射过来的夕晖照亮了它？说不清楚，从画面上光线的分布，似乎更像是后者。因为有了这一团亮色，阴郁和迷茫便被驱散了，我的目光被那亮色所映衬的景象吸引，磨房像一个巨人，像那个勇敢却怪诞的堂·吉诃德，头顶着奇异的头盔，伫立在夕照中，仿佛在守望这逐渐被暮色侵吞的原野，又像是在苦苦地期盼着什么。这磨房，也有点像一盏古老的灯，孤独地举在空中，而那团云，正是灯芯上燃烧的火苗，这是烛火熄灭前最后的挣扎，那拼死燃出的光芒是生命的绝唱，悲凉凄美。磨房下面的那一段路，也同时被夕晖照亮，但这

磨房景色　[法] 乔治·米歇尔　油画

绝不是一条光明之路，辉煌的只是很短的一段，前面和后面，都沉浸在幽暗中。你无法想象这条路从哪里过来，又将通向哪里。光明被黑暗包围着，包裹着，云是这样，天空是这样，路也是这样。光明是黑暗的中心和内核，黑暗挤压吞噬着光明，而光明正在作殊死一搏……当然，这只是我很主观的臆想，可能和画家创作的主旨毫不相干。但这样的风景，确实使人神思飞扬。

欣赏这画时，由衷地惊叹大自然丰富的姿态和色彩，而叹服画家的表现力。这画，一定是凭记忆创作的。在旅途中，这样的景象也许很普通，疲惫的旅人根本不会留意。而画家却看到并记住了。

落日时分出现在天地间的这一幕，一定很深刻地印在了他的记忆中，使他长久地为之联想翩跹。米歇尔是一位了不起的风景画家，这样平常的景象，竟被他刻画得如此非同一般。

2000 年 1 月

春色透明

《春光绰影》是法国画家摩里斯·德尼的油画。

在古典油画中，少见这样淡色调的画面。阳光从高大的林木间射进来，照亮了森林中一片开满鲜花的草地，晨雾仍在林中飘荡，远处的树木显得朦胧不清，在明媚的光线中，层层叠叠的树影呈现出金黄的色泽，使人想起中国的古诗："柳色黄金嫩。"只有近处那棵大树上，我们能看到翠绿的嫩叶缀满了树枝。这树枝有点像柳树，枝叶从天空垂挂下来，飘拂在空中，和树底下那一片开着小花的绿草遥相呼应。画中的人物，就在这一片透明的春光中。

三个美丽的少女，正在静静地享受春光。两个少女脱下了身上薄薄的白纱裙，让温暖的日光抚摸她们的身体。她们的裸体透明莹洁，温润如玉，仿佛随时会融化在漾动的日光和雾气之中。而画面最靠前的那位少女，还没有来得及脱下身上的纱裙，她的姿态有点奇怪，扶着那棵绿枝飘扬的大树，似在倾听，似在沉思，也像在和大树低声交谈。这样的景象，使我产生的联想是，这些沐浴在春光中的树木，和这三个少女一样，也陶醉在春色里，它们是有感觉有感情的。它们默默地注视着这三位被春色迷醉的少女，它们的表情，是欣赏，

春光绰影　[法]摩里斯·德尼　油画

是感动，还是喜笑欢颜，抑或是因为无法用人类的方式表达想法而无可奈何？这样的联想，也许荒唐，但很有趣。树木们此时的感想如何，其实并不重要，重要的是它们作为天地间生命的一部分，和人类一样感觉到了美好春天的来临。

这样的画，使人憧憬美好，使人对生活和自然生出很多充满诗意的向往。

因为19世纪法国的大画家太多，摩里斯·德尼在很多同时代的画册中榜上无名，这并不妨碍他作为一个优秀的大画家而名存史册。在欣赏《春光绰影》这样的美妙作品时，我对德尼心存感激。

2000年2月

男孩与狗

看牟里罗的《男孩与狗》，有赏心悦目之感。

这是一个穷人家的孩子，他的衣衫破旧，手中提的篮子里，装的是一个空罐子。然而那男孩的脸上，却洋溢着发自内心的喜悦。这是沉浸在欢乐中的表情，看着他的笑容你也会忍俊不禁。这样的表情，是人类表情中最自然、最明朗，也是最纯真的表情。男孩面对的是一条小狗，他正在笑着和狗说话。小狗仰起脑袋看着男孩，人和狗之间的交流无忧无虑，没有任何心理障碍。男孩在说些什么，我们无法想象，也许只是一声调侃，一句俏皮话，这样的话语在人群中不一定会引起回应，但男孩说话的对象是一条狗，效果便可能完全不一样。小狗在画面中只占了小小的一角，不仔细看甚至会忽略了它，但它毫无疑问也是画中的主角。

从画面表现的内容来看，那贫穷的男孩似乎没有快乐的理由，他一贫如洗，一无所有，也许晚餐吃什么还是问题。但有时候快乐并不需要理由，它只是漫长阴暗中短促的电闪火花，只要心里还有对幸福的憧憬，还有对生活的留恋，这样的电闪火花便会迸发。穷人自有穷人的快乐，这样的快乐富豪们未必理解。那个时代的画家，

男孩与狗　［西］牟里罗　油画

曾画过很多贵族孩子的肖像，在这些肖像中，我没有看见过如此发自内心的自然的欢笑。

这幅画的调子是晦暗的，但是因为那男孩欢乐开朗的表情，它留给观者的印象却极其明亮。我想，这亮色，应该是对生活的热爱。

对西班牙的画家，以前知之甚少，只知道戈雅。其实，在上两个世纪，在西班牙诞生了很多优秀的画家。牟里罗便是其中出色的一位。

2000 年 2 月

天 地 晨 昏

清晨，曙色熹微，夜雾还在地面上飘漾。旭日的光芒慢慢在天地间辐射开来，群山、古堡、树林，都被早霞勾画出晶莹的轮廓。乡间小道上，牧羊人赶着羊群迎曙光走来。不相识的行人在路上邂逅，一声问候，驱散了迷雾……

黄昏，夕阳西沉，玫瑰色的晚霞布满天空。牧人赶着羊群慢慢地归来，渔夫在暮色中撒下最后一网，宁静的河面上，顿时漾起一片金红色的涟漪。夕照中的世界是如此柔和安谧，在空中翩跹的天使降落在人间，与俗人共享这美妙的天籁……

法国画家克洛德·洛朗的两幅油画《清晨》和《傍晚》，为我展示了上述场面。在17世纪，画家们描绘风景，遵循的是自然主义的原则，他们都尽自己所能，将看到的自然风光画得美轮美奂。在法国的风景画家中，洛朗是杰出的一位，他一生都在孜孜不倦地观察研究大自然，尤其是对晨昏时分阳光的变幻，对自然万物在日光中的变化，他有与众不同的视野。他的作品，画面宏大，常以起伏的群山、辽阔的原野和巍峨的宫殿古堡作为远景，而将千姿百态的树木作为近景。当流泻的阳光抚摸这些景物时，呈现在他眼前的是缤

清晨　［法］克洛德·洛朗　油画

傍晚　［法］克洛德·洛朗　油画

纷神秘的景象。他喜欢让画中的树木处在逆光的状态中，太阳的光芒把小树的枝叶照得透明如玉，而巨大的树冠则浓重如墨，阳光为树冠镀上了曲折的金边，也有光芒透过枝叶的隙缝射出，在幽暗中游动的光线飘忽如梦。他的风景画，讲究构图的均衡，层次丰富而清晰，既注重气势恢宏的总体结构，也不忽略任何微小的细节。他描绘的大自然是宁静的，早晨和黄昏，是他最喜欢的时光，朝霞和落照在他的画中千变万化。在世界各地的博物馆中，都有他描绘晨光和暮色的油画，譬如巴黎卢浮宫里的《海港日出》，伦敦国立美术馆中的两幅海景画。他的作品，给人雄奇、辉煌而崇高的感受。他的画，犹如意境幽远开阔的抒情诗，诗人使用的是华丽细腻的词句，诗句中蕴藏着深沉的激情，在恢宏的情调中，也蕴含着伤感。站在这些画前，让人情不自禁地惊叹大自然的博大和美妙，也深感天地间人类的渺小。

2000 年 2 月

无奈的裸露

在埃尔米塔什博物馆中，法国画家里昂·杰洛姆的几幅油画引人注目。他在油画中描绘美妙的女人裸体，但却不同于一般的人体画。他总是将人物置于很特殊的环境中，使人们感受历史，感受那些不为常人所知的故事。在那些历史场景和故事中，女人虽然美丽，却是无助的受害者。她们裸露自己的胴体，展示自己的天生丽质，都是出于无奈。

《后宫浴室》，使我想起孟德斯鸠的《波斯人信札》，想起小说中那些被幽禁在后宫中的妃子们，她们百无聊赖地裸露着自己的身体，等待着主人的来临，不知道谁能得到“宠幸”。在那些线条优美的裸体下，包藏着怎样的心？这些失去了自由的美女，她们在向往些什么？毫无疑问，不会人人都期盼着“宠幸”，那些醉眼惺忪、纵欲过度的主人，即便被你的美丽吸引，向你伸出他的不干不净的手，搂着你上床，那又怎么样。事后，他可能一脚把你踢开，甚至忘记了你的名字。在后宫，可以随时窥视赤裸的妃子们的，是那些被剥夺了性功能的阉奴，主人派他们监视着成群的妃子，却不怕他们会偷情，会破坏了妃子们的“贞洁”。那些阉奴，其实和寂寞的妃子们一

后宫浴室　［法］里昂·杰洛姆　油画

样可怜，他们身为男人，却雄风不再，高大健壮的躯体中，包裹着的是窝囊、屈辱和辛酸。阉奴和妃子们的交流，是人间一种病态的相处，他们之间会发生的故事，也可以为文学家提供无穷的想象。而妃子们的心情，恐怕也不会单纯划一，不会人人都以盼望主人的“宠幸”为生活的终极目标，在看似慵懒的外表下，极有可能蕴藏着躁动不安的心。她们可能向往着真正的幸福，这幸福绝不会锁在深宫里。宫墙之外，有她们真心相爱的男人，她们被幽囚在后宫，却想着有朝一日能逃出苦海，和心上人私奔。这种追求自由和幸福的成功几率，也许微乎其微，失败的同义词是死亡，而且死无全尸。但寻求人间真幸福的诱惑，或许能战胜对死亡的恐惧。有了这样的想法，文学家尽可以驰骋想象，编织出跌宕曲折的故事。生活中曾经发生的，可以生动演绎，生活中没有出现过的，也可以合理推测，尽情创造。于是我们才会看到那么多和后宫有关的故事和电影。看杰洛姆的《后宫浴室》，会使很多人感到似曾相识，那是因为在电影和小说中看到类似的场面。毫无疑问，那是小说家和电影导演受了杰洛姆们的作品的影响。

杰洛姆的《奴隶拍卖会》，展现的画面更为凄惨。画中的女奴以裸体示人，完全是被胁迫，被侮辱。面对着那些燃烧着欲望的冷酷的目光，她们无奈地脱去身上的衣衫，在众目睽睽之下展示青春的胴体。那站立于画面中心的女奴，以手遮脸，脸上的表情，是羞怯，更是凄楚和苦痛，她无法正视周围那些贪婪的眼神。在她的脚下，无数手向她伸过来，竞拍者争相喊叫着企图购买她的价格……美和邪恶，同存于一个空间，美被邪恶包围，被邪恶蹂躏，被邪恶吞噬，美是如此动人，又是如此弱小无助。这场面，令人心惊，也令人心酸。

记得“文化大革命”刚刚结束时，曾有一个法国画展在中国展出，展厅里观者如潮，面对安格尔那些裸女作品（印刷品），很多人

奴隶拍卖会　［法］里昂·杰洛姆　油画

脸红心跳。安格尔画的《土耳其浴室》，画面中成群的裸女聚集在一起，展示着女性胴体的丰腴和多姿。在中国，这样的艺术曾经被道学先生和无知者们看作色情画，属于“非礼勿视”的东西。现在中国人也早已见多不怪。但我感觉看杰洛姆的这些画，和欣赏安格尔的人体画，心情是不一样的，如果说，安格尔展现的是美，他的画使人产生愉悦，那么，杰洛姆在展现美的同时，更多地引起观者的忧思。

2000 年 2 月

沉重的定格

走过这幅画时，不由得使人停住脚步。画面上有四个人物，两老两少，还有一头毛驴。他们雕像一般站在旷野里，头上是浓云翻滚的天空，身边是秋后荒凉的田野。脚下有路，可他们却停住了脚步，驻足在前不着村后不着店的野地里。画题是《卖牛乳的一家》。很显然，这是为穷困的生活所扰的一家人。看样子，他们已经卖掉了罐子里的牛乳，但这似乎并没有为这一家人带来多少快乐。四个人的脸上，全都是阴云笼罩。他们大概刚刚议论过什么事情，议论的结果，使他们忧愁惶惑，甚至失去了归家的心情。这一家的主心骨似乎是站在中间的那位老妇（也许不是老妇，只是因生活的艰辛使她早衰），她背着空的牛奶罐，双眉紧蹙，显得忧心忡忡。而她身后的男人，目光下垂，满脸的无奈。他似乎不敢正视他们所面临的困境。更令人心颤的是那两个孩子。大的孩子显然已分担了家庭的劳作，赶驴大概是他的工作，此时，他回过头来，显得无所适从，只是目光呆滞地愣在那里。最小的是一个女孩，她站在大人们的身后，凝视着她面前的那头毛驴——对孩子来说，这绝不是什么风景。这女孩在想什么？很显然，此时她的脑海中不会有美妙的遐想，她也感受到了生活的艰辛和家庭的困境，童稚的表情中已有了成人的肃穆

卖牛乳的一家　［法］路易·勒南　油画

和忧虑。再看那头毛驴，在画面中，它处于中心的位置，占的面积也最大。画家笔下的毛驴也是有表情的，它和它的主人们一样，陷入了忧郁的沉思。它默默地等待着主人的驱使，黑色的眼睛里流露出来的是温顺和凄凉。毛驴的表情，和画面上四个人物的表情是一致的。

从画面看，这一家人在路上停住脚步，陷入愁苦的沉思，似乎是因为前路已断，再无法往前走。其实路还在他们脚下，还在他们的前方伸展。他们遭遇的困境，一定比道路中断更为严重。也许画家曾经听说过关于一个牧民家庭的不幸故事，于是画这样一幅画表现这一家人的困顿和悲哀无措。我无法知晓这故事的具体细节，不过我能想象，这一家人，面临着怎样严重的危机。画家用极为凝重的色调烘托出凄凉和无奈的气氛，灰暗的天空，涌动的云层，起伏的原野，都让人感觉到危机四伏。

这是艰难的生活之路上一次无奈的驻足，是一个沉重的定格。画面无声，画面上的生命也都静止不动，但我的目光和思绪却在其中游动，在其中探索。我想象如果有万能的神人突然出现在这几个无望的可怜人面前，他们会开口说什么，会提一些什么样的要求？我又想象如果命运的裂豁继续在他们的前方扩大，他们又会怎样动作？我也想象，他们步履维艰地回到家中，在昏暗的烛光中，将如何谈论他们面临的困境？这些想象，当然都不会有结果，这是我的胡思乱想。看这样的画，如果全神贯注地投入，你会成为画面情景的延伸，会情不自禁地为画中人的命运担忧。这是画家的成功。

创作此画的是法国画家路易·勒南，创作的年代是 17 世纪中期。当时的画家，创作的人物题材大多为宗教故事和宫廷贵族的生活，能这样关注穷苦百姓的生活，关注社会底层的小人物，并且以饱蘸情感的色彩描绘他们，展示他们的愁苦，难能可贵。

2000 年 2 月

提香的超越

在埃尔米塔什一间光线幽暗的厅堂中，我看到了提香的画。那幅巨大的《丹娜伊》，几乎占据了一堵墙壁。丹娜伊仰卧在床上，自然地袒露着她青春健美的胴体，她的神态安详，目光平和，她的裸体像温暖的阳光在画面上流动。而环绕在她身边的，却是另一种景象：脚边是一个面色灰暗的女仆，她龇牙咧嘴，目露凶光，身体的姿态也显示着紧张和不安，似乎马上会有可怕的举动发生。身后的天空乌云密布，可以想象回荡在天地间的电闪雷鸣。一抹淡淡的阴影已经覆盖了丹娜伊的额头和眼睛……

我站在提香的油画前，有些不相信自己的眼睛。这幅画，距今已有四百多年，但它却如此完美无缺地被保存下来，此刻，它静静地陈列在这个不引人注意的角落里，陈列在我的眼前。提香是文艺复兴时期的大画家，他在威尼斯的画室里画这幅画时，已是60多岁的老人。这类宗教题材的作品，在他之前无数画家曾画过，他们怀着虔敬的心情，画得一丝不苟，画面上弥漫着浓郁的宗教气息。而提香的作品却不是简单地图解《圣经》里的故事，他把自己在人世

丹娜伊 ［意］提香 油画

间的感受和思索通过这些作品表达了出来。在《丹娜伊》中，可以看到真与伪、美与丑、善与邪、光明与黑暗的对比，可以感受到命运的瞬息万变，人生的不可预测。面对着这样的画，观者的思想绝不会仅限于宗教的故事，画面中的每一个细节，都会令人遐想联翩。

这样来画宗教故事，当然是一种超越。

2000 年 2 月

飞舞的马蒂斯

马蒂斯的创作在世界美术史中留下了浓重的一笔。他的生机勃勃，他的大胆浪漫，他的新奇怪诞的想象力，可以说是前无古人。我常常在他的画中发现火一般炽热的激情，还有那种无法用语言转述的憧憬和向往。如果艺术家的心灵是一个花盆，在马蒂斯的花盆中，长出来的是让人赏心悦目的奇花异草。

在埃尔米塔什博物馆，有不少马蒂斯的作品。给我印象最深刻的一幅，是他的《舞蹈》。五个裸体的男女，黄棕色的躯体，在蓝色和绿色的背景中自由烂漫地舒展、舞蹈、飞翔。看不清舞者的脸，看不见他们的表情，只有健康的肢体，在天地间飘扬。他们如同在天空中飞翔的鸟，携手而舞，又如在清流中游动的鱼，无所依靠，却优哉游哉。

有这样跳舞的吗？也许有人会问。这样的裸体，这样不着天地的飘游，这不是人间的舞蹈，而是缥缈的梦游。说得对，这正是梦游，是艺术家自由不羁的想象。也许是无数次观舞的印象，在他的记忆中沉积发酵，无数个舞者的形态，在他的脑海中重叠交织，于是才有了这样的梦游，有了这样异想天开的舞蹈场面。正因为这场

舞蹈 [法]马蒂斯 油画

音乐 [法]马蒂斯 油画

红色的和谐 [法]马蒂斯 油画

面如此独特，它才会在观者的心里留下深刻的印象。马蒂斯以艺术为主题，创作了风格相似的一组画，其中的《音乐》也在埃尔米塔什，《音乐》和《舞蹈》同样的色调，画面也有点类似，五个裸体人物，两个人在吹奏乐器，另外三个人坐着唱歌。这是一个沉静的画面，人物似乎都静止不动，但画中的音乐是需要你去想象的，画家心中的音符就在静止的画面中飘旋。两幅画相比较，我更喜欢《舞

凉台上的夫人　[法]马蒂斯　油画

蹈》，喜欢那种自由飞翔的气息，没有几个画家能用画笔描绘出这样的气息来，而马蒂斯是其中出类拔萃的一位。

埃尔米塔什收藏的马蒂斯作品中，还有几幅油画也值得一提，如《红色的和谐》和《凉台上的夫人》，这两幅画，和传统的油画也大不一样，线条在他的画中成为主角，人和物体的轮廓大多用浓重的黑色线条勾画，而《凉台上的夫人》中用鲜亮的红色线条勾勒出山的轮廓，更是匪夷所思。现在看来，这样的画一点也不奇怪，但在当时，它们的出现曾引起一片惊骇的议论。新奇和怪诞，会引人注目，然而只有蕴涵着真的艺术内涵的新奇怪诞，才会有恒久的生命力。马蒂斯用他的创作为世界作了有力的演示。

马蒂斯说，他想用他的艺术给人们快乐，让活得惨淡凄凉的人们能在他的画中看到世界的亮色。我想他是做到了，他的画，使人们看到了在人的心灵深处，还有一个可以纵情翔舞的自由天地。

2000 年 2 月

诗意的逃脱

法国画家于贝尔·罗贝尔的《逃脱》，是一幅可以让人遐想联翩的画。

如果画面上没有两个人物，这是一幅纯粹的乡村风景画，画中的小桥流水，花树村宅以及天空的云絮，给人的印象是优美和宁静。然而画中这一男一女，却提供了可供想象的情节。画家画这样的一幅画，其依据也许是某一篇小说的故事，也许是乡间的传说，也许是作者自己虚构的故事。总之，这是一幅有情节有故事的画。

《逃脱》这样一个题目，似乎和一个恐怖或者惊险的故事有关。是小鸟挣脱笼子？是囚徒逃出牢狱？是善良的弱女子逃出恶徒的魔掌？看画中的人物，却又不像。因为画中的人物很小，看不清他们脸上的表情，究竟是轻松的戏谑和玩笑，还是惊恐和紧张。那奔跑的女子是摆脱了可怕的梦魇，还是想以调皮的一逃博得爱人的欢愉，挑逗起对方更高的情绪？而那个从桥上扑下来的男子，是迫不及待的求爱者，还是心怀恶意的迫害者？这是没有答案的问题，你可以根据自己的观点和心情自由猜度，任何设想都是可能的，就像一篇刚开了头的小说，你完全可以根据自己的想象写下去。

逃脱　［法］于贝尔·罗贝尔　油画

不过这幅画的景色中，似乎也有一点不安的暗示，譬如从黑暗的桥洞下奔涌出来的流水，譬如那座越过湍急溪流的摇摇欲坠的小木桥，还有天边那一片压得很低的乌云。当然，这只是我的想象，也许画家根本没有想过要提供这样的暗示。

欣赏这样的画，就像听一首曲折的交响诗，在优美的旋律中，你尽可以展开想象的羽翼自由翔舞。

2000 年 3 月

餐桌上的对比

餐桌上的食物非常简单，一个面包，两个石榴，一盘腌茄子（或者是其他什么酱菜）。而围坐在餐桌周围的一家子却吃得不亦乐乎。两个孩子满脸是笑，像是面对着丰盛的宴席，眉飞色舞，快乐得不知所措。孩子的欢笑也许感染了父亲，他从餐桌上抬起头来，看着儿子的笑颜，皱纹密布的脸上也露出了满意的微笑。而站在餐桌后面的那位妇人，应该是两个孩子的母亲，她低着头，手中拿着一瓶饮料，目光落在餐桌上。因为她低着头，我们在画面上只能看见她的帽子，看不见她的脸，所以也无法知道她的表情。

画家委拉斯贵支的《早餐》，描绘的是西班牙贫民的日常生活。虽然过去了近三百年，但当年的生活气息却依旧扑面而来。这样的早餐，是贫民日常生活中最普通的场景，画家却抓住了一个有趣的瞬间，将它永远地定格在画布上。我说这个瞬间有趣，是因为其中有很巧妙的对比，餐桌上食物的寒碜和用餐人的快乐，是一种对比。这样的场面，使我想起中国人的两句谚语，一句是“苦中作乐”，另一句是“知足常乐”。用餐的这一家子，也许没有见过宫廷贵族奢侈的宴席，能在家里用这样的食物填饱肚子，很不错了，所以该乐。

早餐　[西]委拉斯贵支　油画

也许他们知道这样的早餐很寒碜，但这并不妨碍他们为开心的事情欢笑，也无法改变他们幽默乐天的性格。

我不太了解委拉斯贵支的生平，但相信这是一个对平民百姓满怀着爱意的画家，从画中人的表情中，我感觉到了这一点。

2000 年 3 月

一个时代的表情

面对着尼德兰画家迪尔克·雅克布兹的《阿姆斯特丹射手行会群像》，有一种异样的感觉。画面上 17 个射手，戴着相同的帽子，穿着相同的服装，一个个表情肃穆，以咄咄逼人的目光凝视着你，使你在一瞬间感到不知所措。如果面对的只是他们中间的一个，你也许会觉得寻常，而面对这样沉默的一群，便会感到一种压力。站在他们面前，你情不自禁地会想：他们在想什么？他们要问什么？他们会干什么？

射手行会，大概类似现在的某些体育俱乐部，如会员制的高尔夫球俱乐部，行会的成员，想必也是贵族和富人。穿上行会的制服，骑着马到野外射箭狩猎，在当时也许是一种时髦。那时还没有发明照相术，行会成员绝不会这样排列成行拍集体照，那么多人排着队站在那里让画家写生也不可能，这样的画面，想来也是画家的虚构。他把许多不同的射手，集中在了同一幅画中。然而这一群画中人却毫无疑问是画家一个一个写生下来的。粗粗一瞥，17 个射手大同小异，面孔和神态都差不多，仔细看看，会发现他们其实并不一样，眉眼间，嘴角上，流露的神情还是有所区别。逐一观察他们的脸，我

阿姆斯特丹射手行会群像　［尼德兰］迪尔克·雅克布兹　油画

想起很多与他们的表情对应的词汇，如：矜持、冷峻、讥诮、得意、惊愕、恼怒、愤懑、警惕、不屑、木然、沉思、鄙视、愁苦……还可以由此想出很多有关表情的形容词和动词，这并不是牵强附会，不信，你可以对照着看一看，想一想。画面中间那个射手的服装和旁人有所不同，他的皮铠甲在闪光，这个人物，看样子是射手行会的首脑，一个颇有地位的角色。

我想，面对着画上的这一群射手，其实是面对着一个时代复杂的表情。

2000 年 3 月

负重而行

凡是对西洋油画稍有点了解的人，都知道米勒的《播种者》和《拾穗者》。这位一生都在用画笔描绘农民的画家，把 19 世纪法国农民穷困的生活和辛勤劳作的形象永远定格在了画布上。20 世纪 70 年代末，曾有一次法国绘画作品在上海展出，其中有米勒的画，那些劳动中的农民和他们沉思忧郁的表情，留给我极深刻的印象。

埃尔米塔什收藏的《背树枝的农妇》，也是米勒描绘法国农民生活的作品。两个农妇，低着头，背着比她们的身体还要巨大的柴捆，步履艰难地行走在小路上。正是日暮时分，她们周围，是一片阴暗的暮色，黑暗的阴影笼罩在她们的头顶，黑夜不久就会来临。这样的画，使人感到压抑。在我的记忆里，米勒描绘的农民形象中，没有一个是面带笑容的，他们的疲惫、忧伤和愁苦，从每一个细微的动作中流露出来。譬如那幅《割麦人的休憩》，画面上那个筋疲力尽的农夫脸上是一种绝望。《背树枝的农妇》也是这样的风格，两个负重踽行的农妇，干的是她们力不胜任的工作，但她们没有选择的余地。在米勒的画中，我能感觉到他对处在艰难环境中的农民的深切同情。难怪当时有评论家说他的画是“反对人民贫困的起诉书”。

背树枝的农妇　［法］米勒　油画

米勒对自己作为一个画家的使命非常明确，他认为自己的任务是传达“真实的人性”，是刻画“劳动者的伟大史诗”。一个画家，要做到这一点，非常不容易，这也是艺术道路上的一种负重而行。回顾欧洲的绘画史，米勒理应受到特别的尊重。

2000 年 3 月

关于大卫的沉思

因为有了米开朗琪罗的雕塑，大卫在人们的心目中已经有了一个固定的形象。不过，传说中那个打败了巨人歌利亚的英雄大卫，还是一个孩子，米开朗琪罗创造的大卫却已是一个长大成人的青年。米开朗琪罗塑造的大卫，是在向歌利亚投掷石弹的那一刹那，大卫的目光中凝集着坚毅、智慧和勇敢。也许，米开朗琪罗认为让一个孩子战胜巨人，太夸张，所以让他的大卫长大了几岁。雅各布·奥斯特的《手持歌利亚头的大卫》也许更接近传说中那个勇敢的孩子。画中的大卫有孩子的脸庞，神态也是一个少年，含笑的回眸中还带着胜利的喜悦。手中那把剑当然是歌利亚的，他用这把剑砍下了歌利亚的头，然后扛着缴获的剑，提着敌人的头凯旋。

看这幅画，更引人注目的也许是提在大卫手中的那个巨大的头颅。这个头颅，曾经如凶神恶煞，此刻已经无声无息，成了一个孩子的战利品。歌利亚额头上那个致命的疤痕，是被大卫的弓弹所击，正是这准确而有力的一击，使不可一世的巨人轰然倒地，成为一具尸首。相同题材的油画，我还曾见过几幅，画面上都有歌利亚巨大的头颅。一个孩子，用弓弩射杀凶恶强大的敌人，这是勇敢和机智，

手持歌利亚头的大卫　［佛兰德尔］雅各布·奥斯特　油画

是英雄所为，然而接下来用剑砍下敌人的头颅，并血淋淋地提在手中炫耀，那就匪夷所思了。如果照画家的构思去想象，尚未成年的大卫挥剑向一具尸首砍去时，脸上又会是怎样一种表情？那鲜血四溅的景象又是何等可怕？提着头颅的大卫应该是满身鲜血……

关于战争的方式，古人和现代人的看法和做法当然大不一样，不过，有些事情大概还是古今一致的，譬如对于残忍的杀戮，对于鲜血淋漓的恐怖场面，这永远与人类的憧憬和理想无关。不错，大卫是传说中的英雄，歌利亚也是该死的恶徒，但艺术家如何来表现大卫，却是耐人寻味的。为什么只有米开朗琪罗创造的大卫举世公认，而那些扛剑提头的大卫却没有被人们记住？值得深思。

2000 年 3 月

远去的巴黎

宽阔的蒙马特大街上车水马龙，绿荫覆盖的法兰西剧院广场上人流汹涌，阳光，雪色，雨雾……

因为毕沙罗的精心描绘，我们今天仍能看到19世纪巴黎的街景。在那些缤纷炫目的画面中，仿佛能听见当年的车鸣马啸，人声喧嚷，能感受前两个世纪巴黎的生活气息。一百多年前，巴黎作为欧洲的大都市，已经以它的繁华多彩吸引了全世界的目光。毕沙罗的艺术生涯，也起始于巴黎。1855年，世界博览会在巴黎举行，在这个世界博览会上，有规模庞大的世界美术展览。对美术家来说，这是前所未有的盛事。英国皇后和法国皇帝一起参观了这个堂皇的展览会。拿破仑三世声言：这个国际盛会是有助于“使欧洲成为一个大家庭的重要纽带”。

毕沙罗本不是法国人，他的家乡是一个多岩石的小岛，名叫圣托马斯岛，地处波多黎各附近属于丹麦的西印度群岛。他的父亲是个商人，在家乡开一家杂货铺，他的家庭虽谈不上豪富，却也算个殷实富足之家。少年时代，毕沙罗曾去巴黎读过几年书，对那个繁华都市留下深刻的印象，尤其是巴黎艺术界活跃的空气，使他心驰

法兰西剧院广场　[法]毕沙罗　油画

神往，当画家是他的志愿，但生活却使他绕了一个大圈子。在巴黎完成学业后，他又回到家乡，在他父亲的杂货铺里当店员。他的父母不允许他放弃工作致力于绘画，一心想让他子承父业，成为一个精明能干的杂货铺店主。这样，绘画就成了毕沙罗业余的“地下活动”，每逢他被派到港口去接收运到的货物，他便随身带着速写本，在码头上，他一边登记货物，一边画速写。他在日常的打杂工作和他的专业之间，在理想和现实之间苦苦争斗了五年，终于忍无可忍。

一天，他在桌子上留下一张给父母的便条，和他在港口写生时结识的一个画家朋友一起离家出走，去了委内瑞拉的卡拉卡斯。毕沙罗的父母还是明事理的，他们明白，儿子的才能不属于这家小小的杂货铺，扼杀他的理想，会使他的生命枯萎。他们终于与儿子和解，同意了他的选择。但毕沙罗的父亲认为，要是真想做一个艺术家的话，最好去法国，到一个名画家的画室去学习。这样，在 25 岁的时候，毕沙罗又到了巴黎，那是 1855 年，他正好赶上了盛大的世界博览会，看到了那次史无前例的大画展。面对着德拉克洛瓦、安格尔、库尔贝、柯罗和无数在当时享有盛名的画家的作品，他流连忘返。而更使毕沙罗着迷的，是当时巴黎极其活跃的艺术氛围，艺术家可以在那里大胆地想象和创造，驰骋自己的才华。就在和毕沙罗初涉巴黎画坛差不多的时候，莫奈、雷诺阿、塞尚、西斯莱和德加等和他同样年轻的画家也在寻找着属于自己的艺术天地，他们将一起开创美术史上的一个新纪元。

我没有看过毕沙罗所有的作品，也不了解他绘画风格的变化过程。当时，在巴黎正进行着古典主义和浪漫主义的激烈论争，双方领衔的代表人物分别是安格尔和德拉克洛瓦。毕沙罗一定在两者之间徘徊游移过，然而毫无疑问，最后他倾向了德拉克洛瓦。1874 年 3 月 25 日，巴黎的一批年轻画家举行了一个自由组合的画展，这个日子，被很多人看作印象主义画派的创始日。在这个画展中，有毕沙罗的五幅风景画，也有莫奈、雷诺阿、德加、塞尚等人的画，莫奈的《日出·印象》就出现在这个画展上。这个画展，在当时曾受到很多人的嘲笑，“印象主义”也曾经是一个讽刺的名词，“印象主义”画派的名称也由此而来。然而随着时间的推移，他们的作品逐渐被人们接受，而且受到越来越多的人赞赏。真正的艺术，任何力量也无法扼杀它的生命力。而由埃尔米塔什博物馆收藏的毕沙罗的很多油画，都画在这个画展之后，他的绘画风格在那个画展之后继续发展，形成了属于他自己的独特风格。他喜欢巴黎，喜欢这个接纳他并且让他飞向艺术天空的都市。也是作为一种回报，他不断地用自己的画笔描绘这座城市的四时风光，巴黎的建筑、街道、人群是他经常描绘的对象。

毕沙罗描绘巴黎的油画，喜欢用俯瞰的视角，楼房，街道，车马，人群，树木，在他居高临下的注视之下一览无遗。譬如那幅《法兰西剧院广场》，我们可以看到春日的阳光是怎样在树冠顶上闪动，可以看到站在马车上的乘客们的头顶。画面有些朦胧，使我产生的想象是，画家正坐在徐徐升空的热气球上，在摇晃的篮筐里俯瞰着逐渐远去的城市。

往事远去，逝去的时光不可能回还。还好艺术不会随岁月消逝。面对着毕沙罗留下的画，我们可以回到当年的巴黎，想象那批年轻的画家是如何面对着人们的嘲笑和讽刺，勇敢地，义无反顾地走出一条艺术创新之路。

2000 年 3 月

遥想诺曼底

《诺曼底海岸的船只》是英国画家博宁顿的作品，画于1825年。

世人都知道诺曼底，因为第二次世界大战后期盟军在那里登陆，开始对德国法西斯进行大反攻，历史从那里掀开了新的一页。博宁顿在诺曼底海岸写生时，绝不会想到一百多年后这里会成为世界上最大的战场。他背着画箱在辽阔的海滩上寻找作画目标时，海水正悠闲地拍打着海边的礁石，海面上帆影点点，鸥鸟在沙滩上觅食。然而画家还是在海岸上找到了他想描绘的目标。

那是一个简易的码头，没有伸向海域的栈桥，也没有现代港口必备的吊车。一艘帆船搁浅在海滩上，桅杆没有放下，篷帆没有收起，而船体已经倾斜。一辆运货的马车停在海滩上，两匹拉车的马低垂着头站在那里，马蹄已被涌上沙滩的海水淹没……这样的画面，既不是表现大自然的安宁，也不是表现人类工商业的繁华。画面是宁静的，但宁静中似乎潜藏着危机，倾斜的船只，疲惫的马，海滩上散乱的杂物，灰云密布的天空，海边峻峭的岩岸……所有这一切，都使人不安，使人心烦意乱。很显然，画家感兴趣的并不是自然的海，而是海岸上的人迹，是人类生活和海洋发生的关系。这样的画面，

诺曼底海岸的船只 ［英］博宁顿 油画

如以文学样式作比，不是小说，画面中没有具体的故事，也不是诗歌，画面中缺乏浪漫的气息，也没有激情洋溢其间。可以是一篇散文，一篇意境灰涩却有寓意的散文。我想，画家当年画这样一幅画，在写生的同时，必定也表达了作画时的一种情绪，这情绪恐怕不会是轻松愉悦的。相术师和预言家们或许会把这样的画面和一百多年后的那场大战联系起来，那当然很荒唐。不过现代人看到这幅描绘诺曼底的画，联想起盟军的诺曼底登陆，也是很自然的事情。一百多年后，出现在这片海滩上的是铁甲舰船，是全副武装的军人，是复仇的呐喊，是枪炮轰鸣，是血肉飞溅……人与自然的交流，再没有比这样的情形更为惨烈。同一片海滩，在不同时代出现的场景反差竟如此巨大。

艺术家的创造使观者联想到自己的生活，联想到历史，联想到与此有关联的事物，这或许出乎创作者的意料，但却是很多成功艺术品的共同特质。中国的古代画家爱以长江赤壁入画，画面上没有兵马战船，但这样的题材使人怀古，联想起周郎和诸葛亮在这里指挥水师大败曹操。而从一幅古代的画联想现代的战争，则是另外一回事了。

2000 年 3 月

美将留下来

在世界绘画史上，雷诺阿可以说是一个多姿多彩的人物。他和莫奈、西斯莱曾经同在一个学院派画家的画室里学画，但他们后来都摈弃了学院派的画风，成为印象主义画派的领军人物。印象主义画派的画家中，雷诺阿是很特殊的一位。很多印象画派的作品画面朦胧斑斓，模糊不清，物体的形象夸张变形，这样的风格，曾经受人嘲笑，但后来却成为一种时髦。而雷诺阿在印象派画家中卓尔不群，始终保持着自己的独特风格。他的绘画题材大多为人物，描绘的对象绝大多数是妇女和孩子。画中的人物形象并不变形，也不模糊，他总是让人物处在光明之中，那些妇女和孩子的表情开朗愉悦，她们的头发在耀眼的阳光中透明如金丝玉帛。雷诺阿在创作时拒绝表现邪恶、暴力和丑陋，他描绘的人物，仿佛是光明和美丽的化身。

埃尔米塔什博物馆中收藏着很多雷诺阿的作品，《拿鞭子的女孩》是其中广为人知的一幅。画面上，一个女孩站在花坛前，亚麻色的头发披在肩上，一对黑色的大眼睛清澈如水，她的目光中带着一种询问，天真和稚气的神态使人爱怜。这是一幅充满阳光的画，女孩的脸上，身上，女孩身后的花坛，都在灿烂的光芒笼罩之中，女孩

拿鞭子的女孩　［法］雷诺阿　油画

站立的那片土地，也是一片明丽的亮色。女孩纯真无邪的明朗表情，已经成为一种美好的象征。

雷诺阿的画常常使我联想起莫扎特。莫扎特的音乐一直保持着他的优美，即便在表现痛苦和忧伤时，他的旋律依然优雅悦耳。雷诺阿和莫扎特一样，生活的境遇并不顺利，常常与贫病为伴，但这并没有使他停止追求美的脚步。光明和欢乐，是他绘画中永不改变的主题。曾经有不少批评家认为雷诺阿的绘画题材过于狭隘，缺乏深刻的社会意义。但随着岁月的流逝，不少自认为深刻的画家逐渐被人遗忘，而雷诺阿的作品却一直受到热爱艺术的人们的喜欢。这使我想起了雷诺阿说过的一句话："痛苦会过去，美将留下来。"

2000 年 3 月

凡人和天仙

英国的文学艺术有着悠久的历史传统，在英国，不仅出现了莎士比亚、弥尔顿、拜伦、雪莱和济慈，还先后涌现了荷加斯、雷诺兹、庚斯博罗、透纳、康斯泰勃尔等闻名世界的油画大师。英国的绘画由荷加斯开始奠定了自己的民族风格，到18世纪，又出现了几位影响卓著的肖像画家，如托马斯·庚斯博罗、雷诺兹、乔治·罗姆尼。其中，尤以庚斯博罗成就最大，他的才华，在当时就得到公认。

庚斯博罗的《蓝衣少年》和《蓝衣夫人》，是两幅以蓝色为基调的油画，非常著名，常常能在各种画册中见到。在当时，人物肖像画中出现这样的蓝色调，极为新颖。庚斯博罗为什么会画这几幅画，说起来还有非常有趣的典故。

庚斯博罗出生在一个羊毛商人家庭，母亲是爱好花卉的静物画家，也是庚斯博罗在艺术上的启蒙老师。庚斯博罗15岁时去伦敦学习肖像画。他喜欢音乐，音乐的美妙节奏，很自然地出现在他的肖像画作中。他的肖像画色彩富有节奏感，色调具有音乐的韵律。1759年，他移居到英国西南部的城市巴斯，在那里专画上流人物肖像，成了一名肖像画大师。庚斯博罗的绘画风格，得益于鲁本斯的华丽色彩和凡·戴克那种洒脱精美的构图。在他的笔下，大多是衣着华美、面容红润、皮肤光滑细腻、姿态有点装模作样的贵族绅士和淑女。他对绘画的对象很宽厚，张扬他们的优点，隐藏他们的缺点，美化着站在他画架前的那些有钱的男女。他用自己的生花之笔，用诗和音乐一般的色彩和韵律，把画中的人物描绘得如同天仙下凡。画上流人物肖像，是时尚，也是生活所需。庚斯博罗不像一般以作画糊口的画家，只是用色彩在画布上应酬、重复、机械地一幅幅记录人物的外形，他每画一幅新作，都要努力表现出人物的内心情感，在画法上，也力求推陈出新。说是画肖像，画家描绘出来的其实是他理想中的形象，把凡人画成天仙，也是一种画法。很多大画家把天仙画成凡人，而庚斯博罗则把凡人画成天仙，前者是将理想现实化，而后者却是躲避现实超越现实，以理想替代现实。两种创作方法孰优孰劣，很难定论，大概在不同的画家笔下会出现不同的情景。前者可能是写实的现实主义大师，也可能是照相式的自然主义画匠；后者可能是粉饰现实的伪艺术，也可能是惊人的想象力和浪漫智慧的结晶。而庚斯博罗，应该属于后者。他的肖像画展示了人心中对美的向往，展示了艺术家的一种浪漫情怀。当然，很难说庚斯博罗的绘画中没有媚俗的成分。请他画肖像的那些达官贵人，谁无求俊爱美之心，谁会让画家扩大自己的缺点而忽略自己的优点？庚斯博罗作画时，当然充分考虑到这一点。他画的那些面目俊美的人物，在现实生活中的长相可能都平平常常，有的甚至属于丑陋之辈，庚斯博罗美化了他们，但我相信这些肖像和被画的对象一定能对起号来，他的手法其实很简单：扩大优点，忽略或者掩饰缺点。人的美丑实在是一件有点神秘的事情，有时只需将五官稍作调整，美女会变得面目狰狞，丑八怪也会变成美男子。现在我们常常看到的漫画人物肖像，其实也是一个道理。

庚斯博罗说："画肖像是为了钱，画风景画才是我的爱好。"可

蓝衣夫人　［英］庚斯博罗　油画

惜，在埃尔米塔什博物馆，我没有看到他的风景画。

在埃尔米塔什博物馆，我看到了庚斯博罗的《蓝衣夫人》，在琳琅满目的展厅中，这是引人注目的一幅画，画布上的那位文雅优美的女性以一种若有所思的目光注视着参观者。也许很多人会注意画中人的装束，她的蓝色衣帽，精心梳理的高耸的发型。而使人难以忘记的却是她的目光，那是一泓静水，却绝不是止水，目光的深处涌动着微澜。在画中美人高贵优雅的外形中，潜藏着几分哀怨，尽管这哀怨淡淡的几乎难以察觉，但却能撩动人心。

庚斯博罗画的蓝衣夫人究竟是谁，两百多年来一直无法确定。不过我相信，这位美貌的夫人生活得并不幸福。

2000 年 3 月

光和空气在流动

太阳刚刚升起，地面上还飘漾着淡淡的晨雾。阳光透过雾气照射过来，大地上的万物顿时变得剔透晶莹，树叶和草尖上的每一滴露珠都反射着太阳的光芒。此刻，即便是在最贫穷偏僻的乡村，你也能看到灿烂的景象，阳光会为天地间的一切罩上炫目的光晕。如果你迎着初升的太阳往前走，前方的景物处在逆光之中，那种朦胧而神秘的气息用言语难以形容。迎面而来的人和动物一个个身披着金色的光环，每一个细微的动作都会曳动出斑斓光影，飘忽如虹，又迷离如梦……

我年轻时代曾经在乡村生活过多年，这样的景象，我非常熟悉。法国画家康斯坦·特罗容的油画《赶集》，描绘的就是这样的景象。画中一对夫妇赶着畜群走在乡间小路上，地面的晨雾还未散尽，旭日正在他们的身后冉冉上升。看这幅画，给人印象最深刻的，就是画面上的那种阳光和空气交织流动的感觉。能用色彩描绘出这样的效果，实在很奇妙。康斯坦·特罗容是 19 世纪法国巴比松画派最年轻的代表人物，他存世的作品，最大的特点就是对光线的独特表现。看他的画，令人心情舒畅，周围的阴晦似乎也会一扫而光。光和空

赶集 [法]康斯坦·特罗容 油画

气无形无色，但它们却自由烂漫地在他的画中蔓延流动。在《赶集》这幅画中，画家对牲畜的生动描绘也值得称道。画中共有五种动物：大大小小好几头牛、一群羊、一头驴、一匹马，还有一条活蹦乱跳的小狗，它们形态各异，自然地组合成一支牲畜的队伍，披着满身的阳光走过来。那头驴子驮着两只树条筐，筐中一边是两只小羊，一边是一头小牛犊，其灵动鲜活之状让人惊叹。

2000 年 4 月

巴黎的忧郁

彼尔·波纳尔用他那枝略显粗犷的笔涂抹着巴黎的风景，画布上似乎看不到精雕细凿的笔触，但我却觉得他的画很耐看。物体在他的笔下纷纷变形，然而绝不会扭曲到面目全非，让人无法辨认他所描绘的对象。那些朦胧斑驳的画面，像放电影一样展示出昔日巴黎的市井生活。在他的画中，可以看到阴云笼罩下的楼房，人群熙攘的街道，在晨光中活动的巴黎人，行走的马车，闲荡的狗，流浪的孩子，步履匆匆的男人和女人。他的关注对象不是宫廷里的达官贵人，也不是闺房中的小姐淑女，而是在巴黎街头抬头就可以看见的普通人。

《巴黎的傍晚》可以看作波纳尔的代表作。作品描绘的是巴黎暮色，在热闹的街头随意撷取的景象。夕照中的街道上闪动着温暖的光芒，远处街边的咖啡店里的顾客隐约可见。人行道上走着各色各样的人，有独自赶路的，有站在路边说话的，两位妇人形体夸张，她们在路边张望，似乎有所期待。这使我想起波德莱尔的散文诗《巴黎的忧郁》中描绘的景象，也可以联想巴尔扎克小说中的人物，幽暗的街巷中，形迹可疑的女子将她们浓涂艳抹的脸蛋隐藏在宽大的

巴黎的傍晚　[法]波纳尔　油画

风衣中，既想招摇过市，又企图遮人耳目。而画面上最主要的几个人物，给人的感觉是一种压抑。左侧是一位沿街摆摊的老妇，她的目光昏暗，动作迟缓，面对着那一大堆水果，正在为如何售出它们而犯愁。画面右侧是两个女性，像是一对母女，她们穿越马路走过来，母亲的目光茫然，脸上表情和身体的姿态呈现出一种疲惫，而她身后的女孩则仰起脸在追赶母亲，脸上的表情更为迷惘，看不清目光中蕴涵的内容。画面的中间，是一个正在穿过马路的妇人的背影，她步履急促，手中还提着一把收拢的雨伞。这位过马路的妇人很可玩味，她穿的是一件蓝灰色的雨衣，从背影看，身材窈窕，脚步轻盈，雨衣的下摆下面，露出色彩鲜亮的裙边。她的帽子上插着一朵鲜花，画家将这朵鲜花处理成画面中最鲜艳耀眼的一笔。这是一个可以让人产生丰富联想的形象，帽子上那朵鲜花使人感觉到一种象征，她和自己身后那几个沉重压抑的形象形成一种对照。

我无法猜度画家作画时的心理状态，只能根据自己的经验和感觉做一点猜想。这样的猜想是否符合画家的本意，那只有天知道了。彼尔·波纳尔的名字，一般中国人都不会知道，但他的画，还是能引起现代人的共鸣。如果你到过巴黎，到过法国，见到这些画，也许还是能从中想象画家当年创作时的情景，他坐在巴黎街头，观察着路上的行人，观察着所有静止和活动的景物。在他的速写本上，捕捉到了各色各样的人物和表情，回到画室，他再有选择地用彩笔将他们一一请上画布。看来这位画家关注的更多的还是巴黎的普通市民，巴黎的贫困者，他对他们有一种深切的同情。这样的情景，已经过去了将近一百年，时过境迁，物是人非，当年的街道和楼房还在，而活动在其中的人物却已经完全不同。看彼尔·波纳尔的这些油画，能使人走进历史，走进上个世纪的巴黎。对画家来说，这一定是真实的。

彼尔·波纳尔是法国画家，他绘画的旺盛期是在20世纪初。他的作品中那些变形的人物和梦幻般的色彩，显然是受到当时印象派画家们的影响。他似乎不敢走得更远，但就是这样犹豫地走着时，已经形成了自己独特的风格。

2000年4月

侍女和公主

在鲁本斯的绘画中，这幅《侍女肖像》并不是最出名的，但我觉得这是一幅耐人寻味的作品。

说是侍女，却并不是粗俗低微的下人，在画框里，我们看到的是一位有着优雅风姿的美貌姑娘。我不熟悉17世纪佛兰德尔女子的服饰，画中这位侍女的穿着打扮，应该不会是一位大家闺秀，也不会是贵夫人，但令我觉得奇怪的是，这样的穿着打扮似乎也不像是一个侍女，她的繁复精美的衣领，胸前露出的金项链，都不符合侍女的身份。仔细看这幅画，我的疑问便愈加深切。我感到画中人的神态中流露出的是一种高贵，丝毫没有仆人的唯唯诺诺。她的目光带着几丝羞涩，脸上的表情也很微妙，似乎有所期盼，又似乎欲言又止，只是以莞尔一笑掩饰着内心的秘密。我想，如果让她穿上王公贵族的服装，她的风姿绝不会比任何一个贵族小姐逊色。这使我联想起一些小说的情节，画中的这位侍女，不是名门闺秀落难，就是贵族小姐隐瞒了身份去当侍女，目的常常是为了爱情。

在17世纪的画家中，鲁本斯是出类拔萃的一位，他的写实功夫，在当时可以说是少有人能出其右。以他的名声，请他画肖像是要出

侍女肖像　［德］鲁本斯　油画

大价钱的，当时一定有不少王公贵族请他画像，而他未必都能答应。画这幅肖像时，鲁本斯已经人过中年，快50岁了，他怎么可能会为一位侍女画肖像，实在不可思议。我的手边有一本关于埃尔米塔什的画册，里面有鲁本斯的这幅画，标明的题目是《侍女肖像》。最近，又得到一本介绍埃尔米塔什博物馆的画册，里面也有鲁本斯的这幅画，但却标着另一个题目《伊莎贝拉公主》。

我想，我的疑问，现在有了答案，鲁本斯画中这位美丽的姑娘，大概不是什么侍女，而是一位名叫伊莎贝拉的公主。

2000年4月

“点彩”和“米氏云山”

和传统的古典油画相比，保尔·西涅克的《马赛港湾》仿佛是另外一个画种。这是很典型的“点彩”画法，画家用一点一点不同的色块，描绘出海湾的波澜、港口的帆船、工厂的烟囱、码头的建筑。如果看局部，只见斑斓一片，看不出画的是什么名堂，但整体一看，则一目了然。对比18世纪至19世纪很多法国画家描绘海港和船舶的油画，两者风格有了天壤之别。油画的革命到了20世纪，面孔变得越来越新鲜。保尔·西涅克是新印象画派的代表，他的风景画多用细小清晰的笔触绘制而成，有很强的装饰效果，仿佛是用彩色“马赛克”拼组而成。看他的画，使我感慨艺术家的想象力和创造力，对大自然的描绘，方式是千姿百态的。前几年，在上海外滩汇丰银行大厅的穹顶四周，发现了本世纪初由西方画家绘制的几组大型壁画，用的材料便是彩色“马赛克”，效果和西涅克的油画颇为相似。其实，在西涅克用点彩法作画时，欧洲的宫廷里已经有了用“马赛克”拼绘的彩图。西涅克的油画，会不会从中受到启发？我以为不是没有可能。

和西涅克同时代的法国画家路易·瓦尔托也曾用相似的手法作

马赛港湾　［法］保尔·西涅克　油画

在船边　［法］路易·瓦尔托　油画

画，埃尔米塔什藏有他的油画《在船边》，画的是海滩上的人物和船，还有海滩边红花烂漫的山坡，山林中的房屋。这幅画阳光强烈，色彩浓艳，粗看也是轮廓含混不清，只见一片斑斓的色点，但仔细观赏，便能看到在明艳的人、物和他们在阳光下的影子。和西涅克的画相比，瓦尔托作品中的“马赛克”显得略大一些，也更粗犷一些。但作品的效果是一样的。

西涅克和瓦尔托的画，使我想起中国宋代的“米家山水”。这是宋代书画家米芾和米友仁父子两人创立的一个画派，在他们之前，中国山水画多以线条为主，米家父子则以卧笔横点成块面，自称“落茄法”，打破了中国水墨画的老规矩。他们的画能表现朦胧迷茫的烟雨云雾，能画出梦幻般的境界，世称“米氏云山”。米家父子的“落茄法”，对后世的中国画家影响极大，直到现在，还有人在用他们创造的方式作画。他们的画法，和法国新印象主义中的“点彩”也很相似。米家父子在世的时代要比两位法国画家早得多，他们之间是否有联系，那就难以考证了。

2000 年 4 月

静物和画家性格

在埃尔米塔什的静物画中，夏尔丹的《与艺术有关的静物》引人注目。夏尔丹是18世纪的法国大画家，年轻时代他便以精美的静物画蜚声画坛，29岁时，因为他出色的静物画而被选为法兰西美术学院院士。而埃尔米塔什博物馆中的这幅静物画，画于1766年，这时夏尔丹已经67岁，他的绘画技巧早已到了炉火纯青的境地。

绘画中静物的排列，常常是无序的，甚至没有什么意义，只是无意的组合，只是随心所欲地摆放，只是为了构成画面的需要。而夏尔丹的这幅静物画，却有明确的主题，画中的静物，都和艺术有关，和艺术家的职业有关，也和画家的兴趣和性格有关。雕像、调色板、书、量器、画夹、纸和笔、钱币、铜壶，这一大堆东西，错落有致地摆在桌子上，虽然物品众多，却不杂乱，使人感到画面的丰富和完整。如果没有中间那尊白色的雕塑，画面一定会显得单调沉闷，那尊雕塑是一个牧童，有着清新健美的姿态和生气勃勃的表情，他是这一桌子绘画用具的统帅，有了他，其他物件便也有了生命，它们都听从他的指挥，列队等在这里，听候主人的差遣。

这张桌子，也许就是夏尔丹画室的一角。从这些静物中，我们

与艺术有关的静物 [法]夏尔丹 油画

可以想见当时画家的生活和他们创作的情景。桌上的器物多而不乱，虽是堆砌却不感觉杂赘，可以由此联想到画家处事井井有条、不慌不忙的性格。

我想，夏尔丹因为静物而入选美术学院院士，当然不会是偶然的。

2000 年 4 月

灵魂的故乡

高更是画家中的传奇人物。离开繁华和喧嚣，到远离都市的海岛上寻找激情，寻找灵感，寻找爱情和幸福，他走的是和别人完全不同的道路。当时也许有很多人不屑于他的举动，甚至有人认为他的脑子出了毛病。但是后人看着他那些与他同时代画家完全不同的作品，不得不钦佩他作为艺术家的独特眼光和珍贵个性。我相信，和他同时代的很多人也一样会敬佩他。埃尔米塔什博物馆收藏他的作品，当然是因为觉得他的作品完全有资格和当时最有名的油画大师们比肩而立。

高更离开巴黎去塔希提岛，在当时确实是一件惊世骇俗的事情。也许，这也算得上是一种“时髦”，但追求这样的时髦却需要勇气和魄力。高更并不富裕，他去塔希提岛，是在朋友的帮助下拍卖了他的很多油画，筹得一笔钱，然后背起画箱踏上旅途，他想“快乐地、安谧地、艺术地”生活在那个阳光明媚的岛上，相信陌生的土地和人群会激发自己的创作激情和灵感。他的理论是：“遥远的、野蛮的源泉能充实我，并使我得到在巴黎永远也无法得到的救助。”他追求的是一种“形式的简单化和思想的复杂化”。对他远行的决定，连他

山脚下　[法]高更　油画

的朋友们也不理解，雷诺阿就感到困惑不解，他说："一个画家住在巴黎就可以画得很好，有必要走得那么远吗？"毕沙罗也不相信高更这样做会有什么好结果。而莫奈则坦白地表露了对高更的漠视。只有善良的德加，对高更的举动表示了理解，在高更为筹集旅资而举行的拍卖会上，他买了高更的好几幅画以示支援。

塔西提岛上的女人们毫无顾忌地在高更面前裸露出被阳光晒黑的身体，她们的黑眼睛清澈如水，她们的举止神态和身边的土地、树林、海滩一样自然。对于看惯了宫廷和都市的缤纷奢华，看惯了珠光宝气的眼睛，这样的浑然天成的画面却显得惊世骇俗。

聚会 [法]高更 油画

塔希提岛和巴黎是完全不同的两个世界，一个是天然无饰的原始天地，一个是物欲横流的繁华之都。在巴黎曾经给很多人留下冷漠印象的高更，在这里完全变成了另外一个人。他的眼里，充满了大自然最辉煌的色彩，金黄的阳光，金黄的土地，连人们的肌肤也是金黄色 的，在巴黎的压抑和心头的阴翳在这一片耀眼的金黄中一扫而光。他也找到了心爱的女人，在简陋的屋子里，却有温馨的气氛和富有诗意的情调。高更在塔希提岛上尽情地描绘他的所见所思和所爱，那些和阳光土地融为一体的人物，健康，强壮，坦诚，散发着生命的魅力。他的画风因此而大变。

在埃尔米塔什的藏画中，有高更的《山脚下》，这也是他画于塔希提岛的作品。在这幅画中，我们可以感受到画家心中的激情。作品的基调是红色，花一样的红，火一样的红，血一样的红。画面前方那一片红色，无疑是画中最耀眼的亮点，这片红色只不过是一片普通的草地。为什么画家会把绿草画成红色呢？难道他是红绿色盲？当然不是。高更对南国的阳光感受实在太强烈，这是一片袒露在阳光下的草地，每一片草叶都承受着反射着灼人的光芒，高更为了突出太阳的光芒，夸张地把草地画成了醒目刺眼的红色，似乎是匪夷所思，但却让人看而难忘，会发出这样的惊叹：世界上，难道会有这样的草地？其实，这是画家把自己的想象和情绪化成了色彩，尽管这色彩和他实际所见相去甚远，但那情感却是真实的，那是大自然带给他的激情。草地尽头的那棵大树，也画得非同一般，受阳光照射的那一部分，如同一把火炬耸立在天地之间，这和树冠的阴面，形成了强烈的对比。而远处的山坡在阳光的直射下，如同暗红色的岩浆，在天地间流淌。在这火一样的画面上，我们也可以看到活动的人物。两个村民各自朝相反的方向走着，一人光着上身骑着马，一看便知他是岛上的居民，而另一个人物则低着头，在小路上散步。有了这两个人作参照物，我们便可知道他们身边的热带乔木是多么巨大。这样的画，后来出现在巴黎的画展中，引起一片惊诧也是必然的。坐在巴黎那些阴暗的画室里，永远也画不出这样的画来。

埃尔米塔什收藏的《聚会》，也是高更在塔希提岛上创作的重要作品，画面上，六个姑娘席地而坐，她们似乎刚刚议论过一件耐人寻味的事情，正沉浸在想象之中。六个姑娘的坐姿各不相同，神态也不一样。大概因为边上有一个写生的画家，她们的脸上还带着几分羞涩。有意思的是背对画面的那位，一个人低头抿嘴而笑，正忍着不让自己笑出声音来。面对这样的画面，我想象着当时的景象，这些生性自由不羁的姑娘，在经历了沉思默想之后，也许会爆发出一阵大笑。而首先笑出声来的，当然是背对画面的那位姑娘。这幅画的基调，也是阳光的颜色，画面上方的那片金黄，以及充满画面的土地的棕色，还有碧绿的草地，阔大的树叶间那些金红色的浆果，无不让人感受到生命的蓬勃活力。

埃尔米塔什博物馆中还有高更的不少作品，如《神奇的来源》《大溪的生活》《手中持花的女人》，描绘的都是塔希提岛上的生活，画面上阳光明媚，塔希提岛上的生活诗一般展现在人们的面前。我发现，高更笔下的塔希提女性神态都显得安详悠闲，虽然生活在很原始的状态，但她们的身上却散发出一种优雅和宁静。这样的画，也是一种心情的流露。如果整日沉浸在焦灼烦躁的情绪中，能画出这些画吗？

1903年5月8日，高更孤独地在大洋洲的一个孤岛上走完了他的人生之路，他没有为自己的选择后悔，他也确实没有理由后悔，因为，在那些阳光灿烂的岛上，他不仅尝到了爱情的浆果，也寻到了艺术的真谛。在那间小屋门口，刻着“快乐之家”，是高更自己刻的。我看到有人这样议论高更：“对于客死他乡的高更，究竟哪里是他的故乡呢？巴黎？塔希提？多明尼克岛？是矣，非也。高更其实一生都在寻求他的灵魂故乡。或许他的故乡应该在他的画里面，在鲜艳的色彩和阳光的女人男人之下，高更的黯淡和挣扎都变成了油彩。”这些话使我产生共鸣。一个艺术家，如果无法找到自己灵魂的故乡，那么，即便生前荣华富贵，身后大概也会寂寞寥落的。

2000年4月

琴声在幽暗中飘旋

塞尚的油画色彩明亮，笔触粗犷有力，他画的那些静物鲜艳地凸现在幽暗之中，给观者清新鲜活的感受。

《钢琴旁的姑娘》是塞尚的一幅名画。和他的静物画相比，有异曲同工之妙。画面的大部分是幽暗的，钢琴、坐椅、墙壁，都是深褐色的基调，那个坐在钢琴一侧做针线的少女也在阴暗之中，成为幽暗基调的一部分。而那位弹琴的少女却以一袭白衣裙为画面带来一片亮色。有了这一片亮色，整幅画便都显得明亮起来，就像从满天的乌云中射出一缕阳光，瞬间便驱赶了弥漫在空气中的阴郁。

虽然有人在画面上弹琴，但我感觉到的却是一种宁静。白衣少女弹的必定是一首节奏徐缓的曲子，伴随着温雅的沉思，譬如肖邦的《夜曲》。可以清晰地看到少女弹琴的手，手指柔和地接触着琴键，没有刚烈的敲击，没有夸张的移动。画面上的两个少女目光低垂，一个看着手中的针线，一个注视着钢琴的琴键，看不见她们的眼睛，无法从她们的目光中看到她们的心思。但是可以想象那缓缓飘旋的琴声，可以想象屋子里安宁的气氛，在琴声中，两个少女各自想着自己的心事，我们永远也无法知道她们在想什么。

钢琴旁的姑娘 ［法］塞尚 油画

看塞尚的画时，我想起了安格尔和德拉克洛瓦当时的争论，崇尚古典的安格尔认为线条是绘画的基础，而鼓吹革新的德拉克洛瓦认为色彩才是绘画的生命。当时的画家，大多都卷入了这场纷争。其实，这样的争论现在看来没有多少意思，线条和色彩，在绘画中两者不可或缺。而塞尚，当时便在两者之间取了一个中间的道路。他的作品，有粗犷鲜明的线条，也有丰富变幻的色彩。他喜欢用粗重的色彩勾勒物体的轮廓，这样的手段，是一种创造。直到现在，还有很多画家在不知不觉地模仿着他。

说塞尚是开一代风气的大画家，大概不是过誉之辞。

2000 年 4 月

华丽之梦

布歇并不是我最欣赏的画家，他的作品常以粉红色为基调，画面和人物的造型也常常给人矫揉造作的感觉。他的作品中有太多的天使和仙女，虚幻的神话淹没了真实的人生。他不仅在画布上绘画，也在皇宫和贵族官邸的天花板上作画，在各种装饰的板壁上作画，还为彩色的地毯设计图案。晚年，他索性就当上了皇家彩织工场的场长。他的绘画，大多是为了生计，其中到底有多少是激情和理想的产物，说不清楚。其实，古代的画家很多也是为了谋生而绘画，但这并不影响他们用色彩抒发真情，倾诉理想，表达他们对世界的见解，譬如拉斐尔和米开朗琪罗。

不过布歇依然不失为一位大画家，他是法国洛可可绘画的最杰出的代表者。画面的华丽灿烂，人物的柔美娇艳，在布歇的画中可谓登峰造极。作为一种绘画流派的代表，现代人还是可以看看他的作品。由埃尔米塔什收藏的《牧羊曲》，在布歇的作品中不算是最出名的，但很能代表他的风格。这幅画，画面的调子是粉红色的，牧童和牧羊女都穿着华丽，在放羊的同时谈情说爱，身边有鲜美的浆果，手中有精美的杯盏盛酒，周围是仙境般的风景，天上的云霞也

牧羊曲　[法]布歇　油画

璀璨如锦绣。这样的画，大概能迎合很多人的审美需要。画中的人物和景象使人愉悦，生活中不可能发生的事，在他的画中都能实现，梦想成真，这是大多数人的愿望。

且让我们面对着布歇的画做一次梦吧。

2000 年 5 月

昔日威尼斯

如果去威尼斯，还能看到那个码头，还能看到那座桥，还能看到临海的那些造型繁复的石头建筑。在码头边上，也许会停泊着更多的船只，在那片阔大的广场上，也许会有更多的人群在那里涌动。然而此刻我在画框里看到的景象，却是18世纪威尼斯的一次外交盛事。法国公使乘船来到了威尼斯，当地的主教、王公贵族、有名的绅士淑女，在港口的广场上列队欢迎，虽然只能远远地看到一大片人头涌动，但可以想见，那些达官贵人们是怎样应酬着寒暄着，讲着不着边际的客套话，那些华丽的袍服和长裙是怎样互相摩擦着发出窸窣之声。在面向海湾的那幢大楼里，也聚集着无数宾客，他们站在二楼的阳台上，兴致勃勃观望着广场上的人群。在盛装的人群中无法找到那位法国公使，但可以看到法国公使停泊在港湾里的巨大的船队。而站在路边桥头上看热闹的，是当地的平头百姓，那些灰暗驳杂的服饰，和广场中央那一大片鲜艳华贵的颜色形成鲜明对照。百姓们的姿态，也是轻松随便的，有的依栏而立，有的席地而坐，他们不在乎自己的形象是否会有失风度，因为他们只是这个盛大仪式的看客，没有必要毕恭毕敬。

威尼斯招待法国公使　[意]卡纳尔　油画

意大利画家卡纳尔的油画《威尼斯招待法国公使》，可以说是一幅工程浩大的巨作，盛大的场面，众多的人物，由近而远，描绘得详尽而生动。无法统计画面上有多少人，如果仔细观察，你会发现，从服饰到姿态，画中的每个人都不一样。确定这样一个题材作为描绘的对象，对于画家来说要有一点勇气，这绝非一朝一夕或者三天两日所能完成，而构思这样场面繁杂的一幅画，也绝非庸常之辈所能胜任。卡纳尔画这幅画时，那个盛大的仪式早已经过去，当时没有照相术，没有人能完整地记录下那个场面，画家描绘这样的盛况，更多的还要靠想象。卡纳尔也许曾亲临现场，也许只是根据事后的听闻来创作。不过，对一个优秀细致的画家来说，不管是否亲历现场，他都能再现那场面，因为，画中的场景和人物，都是他所熟悉的。

200多年之后，在冬宫，面对着卡尔纳的这幅画，时光又倒流回

18 世纪，威尼斯码头上曾经出现过的那幕外交盛景，又重现在我的眼前。

在埃尔米塔什，还有几幅描绘 18 世纪威尼斯风光的油画，譬如米凯莱·马里斯基的《威尼斯利亚里托桥》，将威尼斯的河流、桥、河畔的建筑，以及威尼斯人与水息息相关的生活展现得非常细腻。在马里斯基这幅画中，我们可以更清晰地看到威尼斯人当年生活和劳动的景象，在河里驾船的船夫，在码头上搬运货物的工人，街道上的行人，桥上的流浪汉……如果说，卡纳尔画的是威尼斯当年的政治生活，那么，马里斯基画的则是威尼斯的日常风俗。看这样两幅画，对于那个在时光和距离上都非常遥远的威尼斯，便有了一个很直观的印象。

2000 年 5 月

暴风雨之后

暴风雨中的海洋是可怕的，狂风掀起的惊涛骇浪可以席卷天地间的一切。人类创造的航海工具，无论有多大的规模，在暴风雨的海洋中都渺小而脆弱，古人用“一叶扁舟”来形容江海中的船只，实在是非常妥帖。渔民们驾小船在暴风雨中的航海，是生死的搏斗。无情的风浪曾经吞噬了多少船夫的生命。当船夫们在风浪中拼搏时，他们的妻儿老小正站在海边翘首等待，盼望着天边出现亲人归航的帆影。

想象一下，暴风雨后死里逃生的船队回到了海滩，那会是怎样的景象。被冲上海滩的木船此刻早已残破不全，桅杆和船桨被折断，帆篷被撕碎，精疲力竭的船夫重新踏上海滩时，一定是悲喜交加……欧仁·伊萨裴的油画《暴风雨之后》，描绘的就是这样的景象。特别引起我注意的是画面正中的那三个人物，一个妇女，牵着她的一对儿女。从那妇女疲惫的姿态看，她一定已在海边等候了很久，很显然，已经被风浪冲上海滩的那艘船上，并没有她的丈夫。她正在焦急地询问丈夫的下落，两个孩子也在焦灼不安地盼望着父亲。海面上，还有帆船向海滩驶来，其中是不是有他们期待的那一艘，谁也

暴风雨之后　[法]欧仁·伊萨裴　油画

不知道。这幅画之所以触目惊心，不仅是因为画面上狼藉不堪的惨状，更重要的是那三个在海滩上等候亲人归来的母子。

欧仁·伊萨裴在19世纪的法国画家中并不是最杰出的，但他创作的海洋题材的油画却颇为出色。看得出，他的画风深受德拉克洛瓦的影响，《暴风雨之后》这样的作品，会很自然地使人联想起德拉克洛瓦的《希奥岛的屠杀》，画面的宏大，人物的众多，悲剧性的气氛，都有些似曾相识。但这并不妨碍《暴风雨之后》成为19世纪法国油画中的优秀之作，能把被暴风雨带给渔民的灾难表现得如此强烈生动，这是大画家之所为。

2000年5月

海上月光路

德国画家卡斯帕尔·弗里德里希画的《月亮自海上升起》，描绘的是大自然美妙的景象，这样的画面，正好是我熟悉的。很多年前，有一次从上海到大连，在海上夜航，我曾看到过一次奇妙的月出。事后写了一篇散文，记录了当时的观感。

夜航。和三位年轻的朋友坐在船尾的甲板上看海，看天。

海是墨一般的颜色，没有风浪，只有船体掠起的波涛，翻动着雪白的浪花，拖出一条条断断续续的白练，从船的两侧向后延伸，一直消失在黑的远方。看不见海平线，海和天被茫茫夜色连成了一体。抬起头来，不禁惊喜地“哦”了一声——满天繁星，把辽阔深沉的天幕点缀得热闹非凡，那么密集的星星哟，密集得几乎看不到一块巴掌大的干净的天。星星们互相眨着眼睛，分明在议论着什么神秘的事情。银河并不像河，倒像是一片弥漫在星星们之间的透明的烟雾，是星星们的絮语在无边无际的天穹中飘荡……于是，萦绕在耳畔的微微的涛声变得幽远而又朦胧，分不清是海的呻吟，还是天的呓语……

月亮自海上升起 [德]卡斯帕尔·弗里德里希 油画

一颗流星闪电般划过夜空,陨落在海里。那转瞬即逝的光芒,仿佛是一声短促的预言，使我们的眼睛亮了一亮，心也猛地颤了一颤。然而不可能有什么奇迹可以预言的，每天有黑夜，每夜有流星……

“许愿吧，在流星的光芒消失之前喊出你的愿望，你就能如愿以偿!”朋友中的一位轻轻地说道。这原始古老的语汇，在此时此刻出现，竟显得自然而又神奇，谁也不觉得荒唐。于是，四双期待的眼睛，仰望着繁星闪烁的天空，各自把一个愿望郁积在喉咙口……

流星却再也没有出现。也许，它们也懂得，人间没有什么从天上掉下来的希望，所以躲得远远的。徒然无望的期待，迟早能唤醒四双陷入痴幻的眼睛……

我们的眼睛，居然同时在遥远的天边寻找到了目标。东方的天边，隐隐地亮起一片幽幽的白光，原先模糊不清的海平线现在能分辨出来了。白光似乎是从海里映射出来的，光芒虽然黯淡，却也照亮了和大海相接的狭长的一块天空。仰望中天,群星依然；环顾四周,海还是墨一般的颜色。这神奇的光,究竟来自何物呢?

我们面面相觑，谁也不知其所以然。

“会不会是远方岛国的灯光呢?”

“也许，有一艘大船……”

“也许……”

“……”

自己也无法相信这些幼稚的猜测。于是只能默然，默然凝望着天边的亮光，让许多新的猜测在心中一次次默默地涌起，又一次次默默地否定……

今夜的大自然，真正变得神秘莫测了!

亮光的区域在悄悄扩大，被照亮的夜空里，原来闪烁着的星星消失了，隐没在从黑黝黝的海里升起的亮光中。那里的海平线更加清晰了，海和天变得界线分明，在灰白的天幕下，墨色的海平线似乎在不安地起伏着，躁动着……

神秘、好奇、激动、恐惧……各种各样的情绪在心中回旋着，翻腾着，竟交织出一个强烈的愿望：不把这奇异的亮光弄个水落石出，我们决不走开，哪怕在甲板上坐他整整一夜！我们几个仿佛从在星空下消磨时光的闲客，一下子变成了焦急不安的探求者。谁也不再开口，只是注视着天边……

"火！"我们几乎同时惊叫起来。

在那片亮光下居中的海平线上，倏地冒出一团巨大的暗红色的光团，像是一朵不规则的火苗，在遥远的海面上冷漠地燃烧着，不能发出热，只能发出惨淡的光……

"月亮！"我们又一次同声大叫了。

原来是一次海上月出！一个每天都会发生的自然现象，竟然如此迷惑了我们。似乎很可笑，我们却谁也没有笑，只是认真地看着突然出现的月亮。海上月出，毕竟谁也没有亲眼见到过。

月亮整个儿露出了海面。这是下旬的残月，形状极不规则，像是一颗巨大的松子仁，又像是一块被烧红后正在逐渐冷却的锻件。天边的景象是奇妙的，在深邃空旷的天海之间，初升的月亮显得孤独而又惨淡，没有彩色的云霞飞来迎接它，没有激动的生灵为它的诞生而欢呼，只有一片寂寥的宁静，无动于衷地注视着它，伴随着它……

然而我相信，今夜，凡是见到这月出的人们，大概都不会无动于衷的。此刻，在甲板上，四双年轻的眼睛睁得大大的，专注的眼神里，静静地闪烁着喜悦、沉思和憧憬的光，就像在月光下变得晶莹起伏的海。

月亮渐渐升高了，月光也渐渐亮起来，并且由暗红色变成了金黄色——这是一种柔和亲切的光芒，在这种光芒里，天边的明月似乎不再遥不可及，你纵身便能投入其中，甚至伸手便能去摘……黑夜的感觉也消失了，柔和亲切的月光浸透了整个世界。

海面上出现了一条路，这是一条由月光铺成的路，从我们的脚下开始，一直通到月亮升起的地方。也许，每一个在海上注视着月亮的人，脚下都有这样一条路，你可以在幻想之中走上这条路，一直走进广寒宫的琼楼玉宇……

抬头仰望，星空似乎也有了一些变化。星星变得稀疏了，早些时候曾经那么起劲地眨着眼睛的许多星星，不知道隐匿在哪儿了。银河也几乎消失了——哦,是星星们停止了它们的窃窃私语。辽阔的星空正在无声无息地注视着海上的月亮。

是的，月亮下的夜，才是真正宁静的。

流星突然又出现了。它拖着熊熊燃烧的长尾巴，几乎横贯了大半个夜空，比先前那颗亮得多，时间也长得多。然而我们都忘记了曾经准备过的许愿，只是忘情地眺望着星空，眺望着海，眺望着悄然上升的明月和那条月光铺成的路……

180年前，在欧洲遥远的海边，画家看到了月亮从海中升起时的奇妙景象。月亮在海天交界处的云层里涌动，金黄的月光照亮了夜空，也照亮了波涛起伏的海面。海上，也有一条月光之路通到观海者的脚边。我不知道画家是否也和我一样曾被月亮迷惑，但月亮出现那一瞬间的景象，一定极其深刻地留在了他的记忆中，所以他才可能如此精心地描绘这样的画面。这画中有两对人物，近处是一对少女，远处只是两个站在礁石上的模糊人影，或许是一对情人，或许是那一对少女的男伴，这四个人都面向着升起的月亮，期待着那美妙的瞬间。我想，虽然我们之间相隔将近两个世纪，但面对神奇的自然，面对着永恒的星空，心里的感受也许是差不多的。

2000年5月

大师的脚印

正是夏日黄昏。日暮时分的最后一抹阳光，抚摸着收割过的麦田，无人的麦田里燃烧起金红色的火焰。田边的草垛犹如一颗巨大的金色干果，凝聚着收获的疲惫和喜悦。麦田的尽头是村舍，炊烟袅袅，在屋脊和林梢间飘动。那隐匿在林荫中的几栋房屋，可以使人产生很多联想：此时，农夫已经收工回到家里，家犬兴奋地围着主人转，主妇们正在生火做饭，饥饿的孩子们围着灶台捕捉饭菜的香味……村舍的背后是树林，浓密的枝叶深沉如墨，树林的背后是丘陵和旷野，苍苍茫茫，一直连着浩渺的天穹。

这是莫奈的油画《干草垛》描绘的景象。在埃尔米塔什博物馆的藏画中，《干草垛》是引人注目的一幅。和古典的风景油画相比，这幅画显得明亮而有活力。虽然画的是静止的风光，但画面中处处涌动着生命的激情，在麦田里，在树林中 ，在天空中，都可以感受到画家对大自然的期望和留恋。沉浸在他创造的景象中时，我总是觉得其中蕴藏着一些难以言说的情绪，似乎随时会有奇迹会从中发生。当然，这只是一种感觉，一百多年前固定在画布上的色彩不可能发生任何变化。能让百年后的观者产生这样的感觉，这是艺术生

干草垛　［法］莫奈　油画

命的奇迹。

19 世纪后半叶在巴黎发生的那场美术革命中，莫奈是一员主将。“印象主义”画派的命名，就是因为他的作品《日出·印象》。从“非主流”的民间画家，到举世瞩目的画坛新流派掌门人，他也走过了曲折的道路。《干草垛》这样的画，在莫奈的作品中只是平常的一幅，但这也是大师留在他探索道路上的脚印。

2000 年 5 月

燃烧生命

凡·高是不会死的，他活在他的色彩中，活在他描绘的风景里。在凄惨的境遇中，他在画布上喷泻着火一般的色彩。这是一种奋不顾身的激情。面对画布，他的孤独和愁苦便烟消云散，沉浸于灿烂遐想时，他的灵魂自由自在、奔放不羁，世界上没有任何力量能阻挡他在艺术的原野里走自己的路。凡·高像一支蜡烛，在黑暗中毫不吝惜地燃烧自己的生命，那一簇火光，永远地留在了世界的记忆中。

我读过《渴望生活》，凡·高的经历使我看到，一个与众不同的艺术家将会忍受怎么样的孤独。生不逢时，活着苦苦追求，疯狂地为艺术奋斗，却始终遭受冷落，一生默默无闻。如果回到一百多年前，走进巴黎蒙马特大街上的那家小画店里，凡·高的画被放在最不起眼的角落里，没有人对这些画感兴趣。你只要花一点点钱，便能买下他的全部作品。凡·高大概做梦也不会想到，一百多年以后，他的画每一幅都价值连城。而在生前，他几乎没有通过自己的绘画得到什么钱。这是一个近乎荒诞的故事。

埃尔米塔什收藏着凡·高画于他生命最后几年的作品。

伊登花园的记忆　［法］凡·高　油画

矮丛林　［法］凡·高　油画

茅屋 [法]凡·高 油画

《伊登花园的记忆》，有着梦幻的色彩，花园里有阳光小道，有烂漫的鲜花，然而花丛中的人物却面色灰暗，带着忧伤的表情。相信在画家的记忆中，关于这个花园的故事并不令人愉快，大自然的艳丽和人生的暗淡形成鲜明对照。

《矮丛林》，这并不是了不起的风景，在乡间，这样的景色实在很平常。但在画家的笔下，那片丛林色彩何等丰富，阳光在枝叶间闪烁变幻。大自然的奇妙，在树的身上体现得很充分，不管是什么树，不管它们长在什么地方，生得什么模样，没有一棵树是丑的，哪怕它们七歪八斜，也能让你感到生命的多姿多彩。画中的景象，也许只是画家随意的选择，却也传达了自然的美和生命的蓬勃。矮丛林前面是一片湖波，那一抹深沉的蓝色把绿树和草地衬托得更为明亮。

《茅屋》，画于1890年，凡·高就在这一年离开人世。画面似乎有点漫不经心，像是用色彩画的速写。这幅作品其实还是可以细细品味的，绿色画面中那两个红色的屋顶，从茅屋的烟囱里飘向天空的那缕白色炊烟，在山坡背后涌动的白云，以及画面前方那片起伏的草地，都能让人感受到画家对自然和生命的留恋。

2000年5月

圣母和民女

达·芬奇说："人，会像一只大鸟，将在高贵的天鹅背上，作自己的首次飞行。这将引起整个世界的惊异，于是所有的书都会谈论自己，并给发明者带来永恒的荣誉。"达·芬奇在五百年前的预言，现在看来并不是异想天开，人类的飞翔早已超越了地球。在当时，这样的预言，被很多人认为是痴人说梦。达·芬奇不仅是一个伟大的画家，也是科学家，也是诗人。作为诗人和画家，他可以用自己的想象任意描绘心里的梦想和未来的景象，但作为科学家，他却必须以严谨的态度对待他所从事的一切。

在达·芬奇的时代，还没有解剖学这门科学，人类对自己身体的了解非常有限。达·芬奇冒着风险解剖尸体的故事，几百年来一直广为流传。在中世纪，这样的行为在很多人的眼里是对上帝的冒犯，或者是疯子所为。在黑暗中，年轻的达·芬奇就着微弱的烛火解剖尸体，研究人类的肌肉骨骼和身体的构造，需要何等的勇气和胆量。被解剖的尸体不会醒来，而正因为对人体的构造有了科学准确的了解，作为一个现实主义的画家，他的作品中所展示的人物形体，可以说是无可挑剔。即便是在摄影术高度发达的今天，达·芬奇依然显示出他的高超。很多画家可以根据照片将人的形态和肌肤描绘得分厘不差，纤毫毕现，然而和达·芬奇相比，在真实这一点上，仍然看不出有多少高明之处。而对达·芬奇而言，在他的时代能将写实的风格发展到这样，实在是一种了不起的发明和创造。这样的发明创造，正是建立在科学的态度上。

"谁不尊重生命，谁就不配有生命。"达·芬奇正是怀着对生命的尊重在进行他的艺术创作。

在埃尔米塔什博物馆，我见到达·芬奇的两幅油画，题材都是圣母像，一幅《持花圣母》，另一幅《利达圣母》。虽然是宗教题材，但却能感受到平常亲切的生活气息。

《持花圣母》画于1478年，是达·芬奇年轻时代的作品。尽管圣母和小耶稣的头顶上都有神灵的光环，然而我看到的是一对人间的母子。圣母看上去像一个纯真的少女，她怀抱着小耶稣，手中拿着两朵小花。在我见到的圣母像中，达·芬奇画的这幅圣母是最年轻的，在她的脸上，还看不到岁月的沧桑，看不到人间的愁苦，看不到发自内心的忧虑。我看到的是母亲凝视儿子时那种由衷的欣喜，是不由自主地表现出来的母爱。她的手中捏着两朵小小的野花，这小花，是她刚刚从田野采来的，花瓣和枝叶上还沾着晶莹的露珠。由此也可以想见，在她的裙袍和衣襟上，在脚上，一定也沾着露珠。想象一下圣母在田野里采花的情景吧，在鲜花盛开的田野里，年轻的圣母脚步安闲地走着，她撩动衣裙，步履轻盈，她的目光在绿叶和花草中游动。她要挑选几朵清新的小花，回去送给襁褓中的耶稣。耶稣还小，不会赏花，但有心的圣母要让他从小就感受大自然的清新和美，要他看一看万能的造物主是多么神奇，在天地之间，他随心所欲地创造出多姿多彩的生命。在达·芬奇的笔下，小耶稣也不是一个神灵的形象，尽管他的头顶有着光环。画中的耶稣是人间一个可爱的婴儿，他赤裸着健康的身子，坐在圣母的膝头。他的未涉

持花圣母　［意］达·芬奇·油画

利达圣母　［意］达·芬奇　油画

世事的目光，被圣母手中的小花吸引了，他在专注地凝视那朵刚刚从田野里采来的小花，他的小手捏住了纤细的花茎，两朵白色的小花，正在他的手指上颤动。

也许是画家把圣母的形象画得过于年轻，她看上去甚至像一个尚未成年的少女，所以，这幅画中的圣母和耶稣，看起来更像是一个温顺的姐姐正在爱抚一个小弟弟，这种爱抚，也是母性的自然流露。毫无疑问，画家把圣母的圣洁无邪表现得令人信服。

达·芬奇画《利达圣母》，是在他画《持花圣母》的十多年后。比较一下这两幅同题材的圣母像，是一件很有意思的事情。《利达圣母》这幅画中，圣母正在为耶稣哺乳。端庄秀美的圣母抱着小耶稣，露出她丰满圣洁的乳房，满含深情地凝视着正在吸吮乳汁的小耶稣。她的脸上浮现出发自内心的微笑，这是一种宁静自然的微笑，这微笑中有幸福和满足，也有倾诉和期待。这是陶醉在爱和幸福中的母亲的表情，是世界上最美丽动人的母亲的笑颜。而画面中的小耶稣，嘴巴含着母亲的乳头，一只手抚摸着母亲的乳房，也沉浸在幸福之中。《持花圣母》中的小耶稣是光头，而《利达圣母》中的小耶稣却是满头金色的鬈发；《持花圣母》中的小耶稣双眼微阖，我们看不到他的目光，《利达圣母》中的小耶稣扬起了脸，若有所思地凝望着前方，他的眼睛很大，很清澈，但却不像一个未谙世事的婴儿。和《持花圣母》中那个似乎尚未成年的圣母相比，《利达圣母》中的圣母显得更为成熟，更像一个母亲。有人说，是小耶稣在圣母的哺育下长大了，圣母自己也渐渐成熟了。这是一幅能给人无穷遐想的画，安宁优美的画面，却能使人想得很远，能看到人物内心深处的美好感情。这样的画，应了中国人的一句格言："宁静致远"。

细心的观者都会发现，在《利达圣母》中，圣母和小耶稣头顶的光环消失了。然而和《持花圣母》相比，画面中那种庄重神圣的氛围却并没有因光环的消失而减弱。这是为什么？我想，是因为画家对自己的绘画更有信心，对人物的刻画也更有把握。头顶的光环，是区别人和神的一个标记。头上有光环的人物，在现实生活中谁也没有见过。圣母和耶稣，他们在《圣经》故事中其实也是和常人无异的人，达·芬奇省略了他们头上的光环，缩短了他们和凡人的距离，给人一种亲和感。

《利达圣母》中，圣母和小耶稣正在想些什么？谁也不敢妄加评断。但是我们可以感觉到，他们内心憧憬和向往的境界一定是高远辽阔，充满了光明。圣母身后的那两扇窗户，在画中绝不是可有可无的装饰。窗户里展现的是什么景象？高敞的蓝天，涌动的白云，在白云蓝天下逶迤起伏的远山……这是令人神往的境界，也是画面中人心灵的写照。圣母和小耶稣身在幽暗之中，他们的心中却是一片天光烂漫。那两扇洞开在幽暗墙壁上的窗户，是两扇明亮的心窗。和《持花圣母》中那扇单调的小窗相比，《利达圣母》中的这两扇窗户的涵义要丰富得多。

达·芬奇完成《蒙娜丽莎》是在1503年。距他画《持花圣母》有25年，画《利达圣母》也在这之前十四五年。有人把达·芬奇创造的蒙娜丽莎看作人间最美丽的女性形象，我却有点不以为然。蒙娜丽莎确实很特别，端庄，但不一定是秀美，她的微笑也确实神秘。不过，且不说别的画家创造的很多让人难忘的美丽女性，就是在达·芬奇自己的画中，也有不亚于蒙娜丽莎的女性。我以为，《利达圣母》中的圣母形象，就是一个。利达圣母的形象，我相信是达·芬奇见过的一个民间妇女，一个凡俗女子。当时的很多宗教画家，想把画中的神和圣人画得超凡脱俗，不同于人间的凡夫俗子，结果画中的形象却虚假而生硬。达·芬奇的画中人物，原型都来自民间。譬如那幅著名的《最后的晚餐》，画中的犹大怎么画，曾使达·芬奇伤透了脑筋，他在人群中寻觅了很久，都不可得，有一个喜欢告状的教堂主持，脸相阴险狡诈，他想以这张脸来画犹大，但最终还是放弃。

最后，当他在街头遇到一个无赖，无赖的那张脸和他想象中的犹大不谋而合。于是才有了我们现在看到的那个犹大，无赖穿上了圣徒的长袍，骨子里依然是无赖。

把圣母画成生活中普通的民女，这正是画家的过人之处。当然，这民女是经过了画家的选择，她的神态和形体都表现出善和美，于是才让人觉得真，觉得传说中的圣母和人间的母亲一样可亲可近。

2001 年 9 月

当我看着你时

毕加索是在世界美术史上创造了很多奇迹的人。他留在世界上的作品成千上万，其数量也许没有任何画家能比。他一生都在创造新的画风，如此大胆探索，求新求变，可谓前无古人，后乏来者。毕加索是世界上第一个生前就有作品被卢浮宫收藏的画家。

在埃尔米塔什，毕加索的画也有数十幅之多。如果看了中世纪以来的欧洲油画，再看毕加索的作品，确实会感到这些画是来自两个完全不同的世界，出自两个完全不同的时代。古老的写实传统，在毕加索的油画中碎裂了，颠覆了，荒唐怪诞的形象和画面折射出画家心里的奇思幻想和动荡不安。毕加索的作品常常使人惊愕，使人不知所措。喜欢毕加索的画，曾经是一种时髦。面对他的画，尽管很多人为之困惑，但谁愿意做《皇帝的新衣》里那个说“什么也没穿”的孩子呢？

谁也不会否认毕加索的伟大，不会否认他的生机勃勃的创造能力。但我相信不会所有的人都喜欢他的画。毕加索那些变形的人像，把美女画得面目狰狞、五官不齐，画成非人非鬼的怪物，这当然是画家惊世骇俗的创新，但要说这样的创新令人赏心悦目，那就是假话了。我看过毕加索为自己的第一任妻子画的一幅画，那是俄罗斯芭蕾舞演员奥尔加，她身着一袭黑色长裙，拿着一把扇子坐在沙发上，眼神中含情脉脉，是一个绝色美女。那画的名字是《坐在沙发上的奥尔加》。那时，毕加索早已开始他的创新，但他画的奥尔加完全是自然主义的写实。画布上的奥尔加和生活中的本人一样美貌动人。我想，如果把奥尔加画成面目狰狞的怪物，那位美丽的俄罗斯女人一定不会高兴。在埃尔米塔什收藏的毕加索作品中，也有几幅用传统手法创作的，譬如画于 1902 年的《索列尔像》和《幽会》，那是很写实的画，表现了高超的写实能力和传统绘画的扎实基础。画这两幅画时，毕加索才 21 岁，还没有成大名，也没有形成自己独特的画风。画中的索列尔先生不知何许人，从他的眼睛中流露出的忧郁和期待，使观者面对着他陷入沉思，而画面上那近乎黑色的背景，营造出深邃神秘的气氛。索列尔先生面前的桌子上放着两只杯子，一只咖啡杯，一只玻璃茶杯，这两只杯子值得注意，它们的描绘方式和传统的绘画不同，寥寥数笔，也不注重形体的精确，却画得很生动。这和整幅画似乎不协调，但此画却因此而显得特别。再看《幽会》，也是很传统的笔触。两个身披长袍的女人，在一个幽暗的所在相会，两人触额相依，似在低声倾诉别情。有人称这幅画为《两姐妹》，大概是为了避免引起歧义，免得让人联想起同性恋。画中的两个女人身体的比例很准确，没有什么变形和夸张，但有一个细节引起我的注意：画面右侧的那个人物，放在胸前的右手出奇的小，小得不成比例。这非常奇怪，一幅写实的画，出现这样的比例失准，似乎不合常理，以毕加索的写实功夫，不应该出这样的差错。这难道是他的故意所为？如果是米开朗琪罗和达·芬奇的画中出现这样的比例失调，那必定会被认为是败笔，而在毕加索笔下，这却是正常的。因为，和他后来的变形相比，这只小手实在算不了什么。也许没有人考证过毕加索为什么把这只手画得如此之小，而且永远也无法考

索列尔像　［西］毕加索　油画

证。但他的画中人物日趋变形却人人都能看见。在埃尔米塔什所藏的毕加索作品中，有一幅题为《友谊》的画，画面是两个依偎在一起的女人，那是变了形的人体，但还能分辨出人的脸，脸上也还有具体的表情。这表情，使我联想起《两姐妹》。我觉得这是两幅内容和意境相近的画，但《友谊》和《两姐妹》在风格上已经大相径庭。再看他中年以后的画，譬如著名的《哭泣的女人》《斜倚的女人在阅读》《茶女》等，人物的五官已经在脸盘内外随意跳跃，身体的器官则自由不羁地在画面上到处飞舞，被肢解的人和鬼魅、怪物之间没有了界限。画家如此表现女性，实在有点残酷。这些躁动不安的画，和沉静的《两姐妹》相比较，真有天壤之别了。在画家来说，这是变革，是超越，是对艺术奥秘的探索，对观者来说，则是窥见了一个幻想者荒诞不经的梦境。有这样一个故事：在意大利，毕加索曾为俄罗斯作曲家斯特拉文斯基画过一幅肖像，作曲家离开意大利时，边防军人查他的行李，扣下了毕加索的画，因为他们认为这不是肖像，而是一幅地图。斯特拉文斯基百般解说也没有用，最后只得将画送回罗马，后来通过外交官的外交信袋将画带给了他。军人把毕加索的人像画看成地图，当然是一个笑话，但由此可见这样的画和传统的肖像有多大的差别。

在埃尔米塔什，有一幅毕加索的画题为《持扇的女人》，画于1908年，画面上一个半裸的女人，手持一把折扇，坐在沙发上低头沉思。此画的风格已不是传统的写实，人体虽没有大变形，但笔触和古典的油画完全不一样了，女人的身躯、肢干和脸部表情都被抽象成几何形体，色彩浓烈，引人注目，这也属于毕加索的立体主义的实践。当时，已经有人称毕加索为“疯子”，但有意思的是，那些把毕加索称为“疯子”的人，却愿意出巨款收购他的画。看《持扇的女人》时，我很自然地想起了毕加索为奥尔加画的肖像，《坐在沙发上的奥尔加》画于1917年，比《持扇的女人》晚了十年。以我所

两姐妹　[西]毕加索　油画

友谊　[西]毕加索　油画

持扇的女人 ［西］毕加索 油画

见，为奥尔加所作的几幅画，是毕加索留存世间的最为写实的一批画。而奥尔加坐到他的画室里时，他已在变形的道上走了十多年，他的立体主义正向着巅峰发展，作品中已很少出现传统的写实笔墨。但他却为奥尔加的肖像选择了一种古典的风格，这件事情很值得玩味。奥尔加是毕加索的妻子，他曾经为她画过很多肖像，没有一幅是用立体主义的手法完成的。我读过毕加索的传记，传记中说奥尔加不懂艺术，一定要毕加索用古典的绘画方式为她画像，而毕加索则对她言听计从。毕加索是一个固执孤傲的人，不会轻易就范于别人的指点，即便是沉溺在恋爱中时，他也不会放弃对艺术的执着追求。他的一生，是不断恋爱的一生，谁也无法统计曾有多少女人进入他的情感生活和性生活。而与此同时，他也在不断地更新自己的绘画面貌。如此耐心地用自然主义的手法画肖像，在毕加索实在是难得。其实，不仅是奥尔加，毕加索在画他所爱恋或敬重的人时，总是避开了立体主义，停止了他创新求异的步履。譬如他的母亲，他的几个好友，在他的笔下都是自然的形态。那么，在毕加索的心里，到底什么是真正的美，这也许是一个秘密。但很显然，在创作手段上求新求异的结果，未必是艺术家理想的美妙境地。我相信，那些面目狰狞、肢体错乱的绘画，很可能是激情和仇恨交织的产物，而柔情和浪漫的糅合，应该产生令人身心愉悦的效果。

“当我看着你时，已经再也看不到你。”当年，毕加索谈他的人像画时曾经这样说过。这是一句充满玄机、似是而非的话。我想，这句话中，第一个“你”，是画中人，而第二个“你”，应该是被描绘的对象。如果是这样，那很符合毕加索作品的欣赏逻辑。

1911 年，美术评论家米多顿·墨利写了一篇关于毕加索的文章，发表在伦敦《新时代》杂志上，文中有这样的话：“我极为坦率地表示决不假装理解或是赏识毕加索。我对他敬畏有加……我站立一旁，深感懂得太多而不敢妄加责难；同时又感到懂得太少而不敢随意赞美。因为假如不是说空话，赞美是需要理解的。”墨利的这段话，大半个世纪以来一直使很多人产生共鸣，因为不是所有人都是无原则地追求时髦，盲目地追新求异，不是所有人都会去赞美自己并不理解的东西。记得在20世纪80年代中期，曾经有一个颇具规模的毕加索画展在上海展出，面对着毕加索那些立体主义的油画，人们的目光中有惊叹，也有困惑。而我，脑子里回旋着墨利的那段评论，我觉得他说出了我的感受。

有人说，毕加索是命中注定要成功的画家，不管他怎样玩花样，伴随着他的总是荣誉和成功。在浏览毕加索生前的成功时，我很自然地想起了凡·高。凡·高和毕加索一样勤奋，一生都在创造，在探索，但他活着的时候却和成功没有一点缘分，和他做伴的只有孤寂、落寞和失败。命运对于不同的艺术家，竟会是如此不公平。

2001年10月23日于四步斋

向平庸挑战

在世界美术史中，德拉克罗瓦是一个光彩四射的名字。在我的印象中，他是美术界的英雄，他崇尚自由，向往革命，血液中奔涌着浪漫的激情。他的一生，是向平庸挑战的一生，是追求理想和浪漫的一生。他作品中那种悲天悯人的情怀和英雄气概，在他同时代的画家中绝无仅有。我在少年时代看到他的《希奥岛的屠杀》和《自由引导人民》，从此就再也无法忘记德拉克罗瓦这个名字，画面上那种惨烈的景象和无畏的激情，使人过目而难忘。我相信他的这两幅画是人类绘画史上最伟大的作品之一，这样的作品，比那些故作激烈的革命宣言和空洞的民权议论要有力量得多。

很遗憾，埃尔米塔什的收藏中没有《希奥岛的屠杀》和《自由引导人民》，但这里也有德拉克罗瓦的不少佳作，譬如《摩洛哥人猎狮》和《备马鞍的摩洛哥人》。

《摩洛哥人猎狮》在德拉克罗瓦的作品中也是出类拔萃的一幅，画面中表现出的紧张气氛给人的印象非常强烈。两个猎人埋伏在一棵大树下，在树的阴影中，他们的面部侧影隐约可见，猎人脸上的紧张表情也可以想见。那个穿红裤子的猎人身体呈一种箭在弦上的

摩洛哥人猎狮 ［法］德拉克罗瓦 油画

姿态，就像百米赛跑的运动员起跑前的一刹那。狮子在不远的山坡上和猎人对峙着，它蹲伏在地，侧首警觉地倾听着周围的声息，已经预感到面临的危险，只要有风吹草动，有异常的声音出现，它就会猛扑过去。这是人类的勇气和智慧与猛兽之间的较量，虽然画面是静止的，但其中蕴藏的惊险绝不亚于那些血腥厮杀的场面。这幅画的光线处理也很独到，两个猎人的身体半明半暗，身体的上半身隐匿在树的阴影中，下半身暴露在阳光下，一红一黑两身衣裤成为画面的最亮点。德拉克罗瓦不可能亲临猎狮的现场，但对摩洛哥人

备马鞍的摩洛哥人　［法］德拉克罗瓦　油画

的狩猎生活一定是熟悉的。德拉克罗瓦1832年访问北非，那年他34岁。他游历了摩洛哥和阿尔及利亚，在那里逗留了很长时间，兴致勃勃地观察了解了非洲的自然景象和当地居民的日常生活，积累了大量创作的素材。回到巴黎之后，非洲的生活就成为他绘画的重要题材。《摩洛哥人猎狮》画于1854年，是在他访问非洲的22年之后，可见当时的观察在他的记忆中留下了何等深刻的印记。

在画《摩洛哥人猎狮》的第二年，德拉克洛瓦又画了《备马鞍的摩洛哥人》，和前者相比，这幅画更洋溢出一种充满阳刚之美的英雄气概，画中那位举臂抬鞍的骑手，那匹迎风扬鬃的骏马，都给人一种英姿勃发的印象。这幅画的色调热烈奔放，耐人寻味的是那匹骏马的表情，它似乎有点迫不及待，正和自己的主人打招呼，让他赶紧上马。骏马奋蹄待发的形象，很自然地会使人作这样的联想：摩洛哥骑手策马在辽阔的非洲原野上奔驰，骏马的嘶鸣和飞扬的马蹄声在天地间回响……

2003年3月

第二辑　水做的江南

晨雾和月光

呈现在我眼前的这两个画面都不怎么清晰。画中有水，有桥，有树，有楼屋，甚至还有倒映在水中的隐隐约约的月光……画中的这一切，都要你用心去感受，它们若有若无、忽隐忽现地在你眼前晃动，你越是想看个究竟，那画中的景物便越是飘忽迷离。然而飘忽迷离之中又有不少东西吸引着你，使你欲罢不能。

倘若你有过在江南水乡生活的经历，那不妨作如下幻想……

初春，飘着蒙蒙细雨的早晨，晨曦中淡淡的薄雾在微风里像透明的轻绡一般荡漾。在这样的早晨，你独自一人撑着一把布伞走在江南小镇的河畔，放眼四望，但见雾雨弥漫，视野中没有一样东西的轮廓是一清二楚的。桥，屋，以及河中的倒影，全都化成了晃动的透明体，而远处的屋脊楼影，更像是冥冥之中悬挂在空中的海市蜃楼……你慢慢地走着，头顶上的树枝触到了布伞，树枝上已爆出嫩绿的新叶，凝集在叶间的雨珠纷纷滴落在布伞上。当你转动布伞时，雨珠滴落在你的额头，滴落在你的脸颊，其中有一颗淌入你的眼睑，于是，你视野中的所有一切都水淋淋地模糊成一片……

秋天的月夜，沿湖畔小径散步。月光洒在宁静的湖里，湖水又把月光反射到空中。此刻世间万物似乎都已融化在晶莹澄澈的月光

水乡情　陈培荣　水彩

之中，湖畔的树、草、芦苇在月光和湖光的映照中全都失去了自己的形体，而变成了月光和湖波的一部分。只有那座用木板搭成的水桥，银晃晃地从湖岸伸向水中。水中有一团隐隐闪烁的白光，那是沉在湖心的月亮，那是一种神秘的诱惑，它似乎正在诱使你踏着那水桥走向它……

我的幻想和这两幅水彩画也许并不是一回事，这只是我的幻想，但这幻想确实是由画的意境而产生的。这两幅画很自然地使我想起一个人们很熟悉的字眼——朦胧。

朦胧本来并不是一个带褒义的美学名词，自“朦胧诗”崛起以来，它似乎成了一种含蓄的美好意境的代名词。朦胧确实可以成为一种美，倘用“若有若无”来形容它，那么，“无”只是外壳，“有”才是实质，假如只具备“无”，那绝不能成为一种美。我面前的这两幅画中，雾要是再浓一点，浓到铺天盖地，浓到伸手不见五指，浓到什么也看不清，那么，读者很难再从中获得什么美感。所以朦胧还得有分寸，过分了，便会适得其反。俗话说：雾中看花，越看越美。这是对那种成功的朦胧艺术的概括。我认为这两幅水彩画正是那种恰到好处的朦胧艺术。

有一位画油画的画家朋友曾经这样告诉我：让孩子来看那些抽象的朦胧的画，他们也许能从中发现比成年人更多的东西。在写这篇短文之前，我不满四岁的儿子到我的书斋里来凑热闹，对我桌上的这两幅水彩画很感兴趣，翻来覆去看了半天，似乎很能欣赏其中的韵味。我问儿子：“你在这两幅画里看见了什么？”他几乎是不假思索地回答我：“下雨，桥，房子，河，树，还有……”他歪着小脑袋想了几秒钟，又大声补充道：“还有月亮！”

儿子发现的月亮使我吃了一惊。说实话，在这之前，我并没有认为画中有月亮。仔细观察画时，我觉得儿子的发现的确没有错，于是才有了本文开首的那几段文字。

1988 年 3 月

水做的江南

画家的笔蘸着湿漉漉的淡彩轻游过纸面，淡彩像潺潺的流水，无声地流淌，无声地荡漾，无声地化出一幅恬静的水乡江南的图画。

这温暖的江南到处是湿漉漉的水汽。一条缓缓流动的小河静静地向远方淌去，远方有村宅集镇，有桃云柳烟。河水不动声色地将河畔的瓦房、绿树和躲在树荫中的村姑、孩童摄入镜似的水面，你简直无法辨清谁是实体谁是倒影，因为，水上和水中的一切，都沉浸在透明而湿润的氤氲之中，静静的流水已经把它们融化为一体。只有那只离画面远去的小舟，正在用两支蝉翼般的木桨划破平静。桨影和小舟激起的微波涟漪，是一行水淋淋的朦胧诗。舟子上那位悠然挥桨的白衣人，想必是捕鱼归来，舱内定然有银鳞闪烁，有失去自由的鱼儿们用尾鳍拍得水花四溅……

那座古老的石拱桥依然沉默着横跨水面，像是从河里升起的一道水墨色的虹，也像是一位驼背的老人，因迷恋江南的水色，俯身在河上一醉千百年。江南的水色犹如醇酒，日日夜夜熏陶着他，滋润着他。等小舟从他那月轮般的桥洞下通过时，会有清凉的水珠滴落在撑舟人肩头，使人禁不住轻叹：这桥是水做的。

江南

而远处那几抹若有若无的树影，仿佛是飘漾在天边的淡绿色的水汽，风吹不散它们，阳光晒不化它们。只有江南人的视线能使它们化开，化成千奇百怪的枝杈，化成形状各异的绿叶，化成嘤嘤嗡嗡的蜂蝶，化成流传在乡里的无数古老而又新鲜的故事……

连空气也是湿漉漉的。你看天上那几缕若隐若现的云，像是湖面上的水纹，你能感觉它们，却无法描绘它们。它们使视野中的所有一切都微微晃动起来，犹如看一个水的世界。置身在这样的环境中，你也许会产生幻觉，似乎自己已成了一尾鱼，正在水的包围中，你尽可以向这水中世界的纵深遨游……

只有近处那堵楼墙是实实在在的，既不朦胧，也不虚幻。你可以感觉它泥石的质地，可以在它斑驳的颜面中窥见古老的历史，窥见水乡昔日的盛衰和辛酸。然而它同样湿润，同样在透明的水的氤氲之中，这种湿润的氤氲使它变得年轻，变得充满了生命的活力——假如你留心谛察，你会发现那些从黯淡的墙灰中渗出的绿色，那些斑斑点点的绿色，仿佛是从一片浊水中漂起的几点绿萍几簇菱叶。我想，这应该是一片常春藤，它默默地在古老的砖墙上生根、长叶、蔓延，是水乡温暖的风诱发了它生长的欲望，是江南湿润的空气哺育了它绿色的生命。我似乎听见了它的湿漉漉的叹息——

哦，水做的江南……

1988 年 4 月

古　　船

面对着胡正谷的三幅画，我很自然地写下了两个字：古船。

三幅画表现的都是江南的风景：水、树、木船。船是画的中心和灵魂。船形的简洁古朴和画意的幽深静谧，使我情不自禁地想起了一些和这些画的意境极为相似的古诗。

譬如："风鸣两岸叶，月照一孤舟"，"人游月边去，舟在空中行"，"野水无人渡，孤舟尽日横"，"水边春寺静，柳下小舟藏"……古人这些诗意中所共有的空灵和宁静，在这三幅画中活灵活现地被表现了出来。简直可以这样认为，这三幅画是把古人的这些诗融解在色彩和形象之中了。

也许是古人留下的吟咏江南水乡的诗句太多，凝视画面，许多情景相仿的诗句不断地从我的脑海中流出来，譬如："菱叶萦波荷飐风，荷花深处小船通"，"浮萍破处见山影，小艇归时闻草声"，"秋水才深四五尺，野航恰受两三人"，"春雨断桥人不变，小舟撑出柳阴来"，"柳花飞入正行舟，卧引菱花信碧流"……诗如画，画如诗，诗中所展现的水、草、花、树和船，与画纸上的描绘何其相似！

三幅画中都没有人物，但画中深藏着的却是人的感情，这种感情不仅仅是对大自然的陶醉，不仅仅是对宁静的向往，还有一种深深的孤寂和凄楚。这种孤寂和凄楚，也可以在古人咏船的诗中觅到，譬如："北风三日无人渡，寂寞沙头一簇船"，"细草微风岸，桅樯独夜舟"……诗中情景交融的情绪，无处不流露出凄凉和落寞，和画意极为吻合。

唐人司空曙有一首咏船的七绝，我以为无须更改一字，恰好是这三幅画的写照。司空诗云：

钓罢归来不系船，江村月落正堪眠。
纵然一夜风吹去，只在芦花浅水边。

妥帖与否，神似与否，读者可以两相对照着细细品味一番。

我做文章并无引经据典的癖好，写这篇短文时，却引用了十余位唐、宋诗人的名句。并不是一夜之间改变了习惯，更无意借古人之光炫耀自己，实在是觉得三幅画精确而奇妙地再现了这些古诗的意境，我想无论怎样笔下生花，也不可能超越这些古诗，所以就不妨"掉书袋"了。

这三幅画均得自江南写生，当画家面对水景在画板上挥动彩笔时，脑海中是否涌起古人的诗句我不得而知，但我确信，画家和诗人在创作的过程中必定是面对过相似的风景，产生过相似的情绪。画家和诗人们生活的时代相距数百年甚至千余年，社会发生了巨变，人们的审美情趣也有了大发展，为什么竟会创作出意境如此接近的作品？我想道理其实极其简单，大自然的美从来不曾因时事的变迁而消失或变化，人类对宁静的向往也从未中断，随着工业现代化的步步进逼，这种向往有增而无减。所以，只要江南水乡还有未受污染的江河湖泊，那么，艺术家很自然又会走进古诗的意境中去。

我相信，再过一千年，这样的"古船"仍然还会有不可抗拒的魅力。

1988 年 4 月

黑暗中的花

在中国，一个文艺家突然消失或者突然复出，已经不是什么新鲜的事情。

20 世纪 30 年代至 40 年代，章西厓是中国画坛上一位引人注目的年轻画家，他的版画和漫画在当时为很多人所喜爱。和当时许多追求进步的文艺家一样，章西厓以他的刀笔加入了抨击黑暗、讴歌光明的斗争。然而作为一个有才华的画家，他也从未停止过对艺术个性的追求。他的版画作品，既吸收了西方版画雄浑深沉的风格，又融进了中国江南细腻柔雅的情调，在人物造型上适度的夸张变形，使他的创作显示出独特的风格。20 世纪 50 年代初，章西厓的名字突然从所有的印刷物上消失，一个才华横溢的画家，一下子消失了，而且一消失就是三十余年。40 岁以下的人大概很少有人知道中国曾有个名叫西厓的优秀画家。1984 年，章西厓的冤案才得到平反，这时他已是一位年近古稀的老人了。

然而章西厓的艺术生命并没有随着他的名字的消失而终结。在遭受不公正待遇的那些岁月中，他一直没有放下手中的画笔。没有人注意他的创作，没有地方发表他的作品，但他还是不停地画，画

绣球花　章西厓　国画

笔和色彩是他最忠实的伴侣，作画，已成了他生命的需要。当他重新返回画坛时，人们看到的是一位风格全新的中国画家。那些画在宣纸上的工笔重彩，表现出一种与众不同的情调和意境，他画花卉、画山水，也画人物，画面大多幽谧安详，深沉的青蓝色是这些画的基本色调。这种基调既反映了他被冷落时那种淡泊宁静的心境，也表现了他对生命对生活的热爱。虽历尽劫难，但爱美之心却有增而无减，对一个艺术家来说，这实在难能可贵。他曾经画过几幅绣球花，以天蓝和雪青为基调的画面中所展现的高超技巧和清新典雅的气氛，使我惊叹不已。夸张和变形仍然是他作品的特点，再加上装饰意味极浓的构图和用色，使他的作品充满了现代气息。有人说他的画像水彩画，有人说他的画像日本画，而章西厓的观点很明确：这是中国画。当然，这是独树一帜的中国画，它只属于章西厓而不属于别人。

前不久，我曾接待台湾的一批文化人，临分手时，其中一位老先生几乎是自言自语地问道："有一个名叫章西厓的画家，不知还在不在？"当听说我熟悉章西厓时，他激动得几乎要跳起来。他告诉我，20 世纪 40 年代章西厓去台湾时，曾赠他一幅版画，他挂在书房里直到今天，数十年来一直引以为珍。这几年他曾两次回大陆，始终打听不到章西厓的下落，甚至以为他已不在人世。后来，我把这位老先生留下的信转交给章西厓先生时，他淡然一笑道："哦，还记得我。"

记得西厓先生的，当然不仅是台湾的这位老先生，因为他当年那些优秀的版画，至今魅力犹在。而更重要的是，他的艺术并没有停留在 20 世纪 30 年代至 40 年代。现在章西厓的画又开始被人们重视起来。当然，在一些以价取人的势利者眼中，他大概不是什么大画家，他的画也不可能产生轰动效应。但我相信，历史终会对他作出公正评价。

1990 年 9 月 13 日

人格的凸显

艺术作品是艺术家的精神之树、心灵之花。艺术大师，能自由地将自己的精神世界和心灵活动描绘成与众不同的灿烂画卷。在这一点上，我很羡慕音乐家，也羡慕画家。有些用文字难以表达的思想和感情，用音符和色彩，可以宣泄得千姿百态、淋漓尽致，使人叹为观止。欣赏大师们的音乐和画作时，我常常感叹文字的枯涩和贫乏。看程十发的画时，我便会产生这样的感慨。

很多年前，有一次和十发先生一起去崇明岛，一路上，多次观察他作画，看他兴之所至，在雪白的宣纸上画文静的麋鹿，画斑斓的雄鸡，画粲然怒放或者含苞欲吐的花卉，画姿态优雅、神情娴静的美丽少女……作为中国画的大师，程十发在艺术的表达上已经进入了自由的王国，他似乎是不假思索地挥笔泼墨，出现在纸上的线条和色彩，却无不传形传神传情。看他作画，是一种享受。在中国的画坛上，十发先生是个性鲜明、风格独特的一位，在他那些色彩明亮的作品中，凝集着大千世界的万般清新和生机，凝集着生命健康的色彩和活泼灵动的风姿。面对着他的作品，我感受到一种温暖的春天气息，感受到一种烂漫的青春气息，感受到一种童心的魅

长乐　程十发　国画

少女和鹿　程十发　国画

少年和鹿　程十发　国画

力。在中国画中，很少有画家使我产生这样的感受。在那次漫游崇明岛的旅行中，我曾经和他一起，在他当年被“流放”的荒滩上散步，一起参观他当年住过的破旧草棚。这样的旧地重游，引发的应该是沉重暗淡的情绪，程先生只是淡然一笑。事后，当他面对画案挥毫作画时，出现在他笔下的并不是悲苦和怨恨，而是对世界和人生的美好憧憬，这使我深受感动。我想，这是一个胸襟辽阔的艺术家人格和性格自然而又真实的流露。透过他作品优美动人的表象，我看到的是一位历尽人间沧桑的大画家对生活、对生命真挚的爱和激情。这样的爱和激情，对艺术家来说是多么珍贵。如果没有这样的爱和激情，绝不可能创造出伟大不朽的艺术。国画是平面的，然而我却常常把那些感动了我的画看作立体的浮雕，因为，在平面的图像之中，能看到画家凸现的人格。在程十发的作品中，我就感受到了他那善良博大而又生机勃勃的人格魅力。

程十发的艺术，使我想起了莫扎特，这位把感情转化为美妙旋律的音乐大师，即便是生活中的苦难和曲折，他也可以把它们化作天籁般的声音。不管世事如何沧桑变迁，不管艺术的流派如何风云流转，谁也无法否认莫扎特作品的艺术价值，因为，从他心中流出的美妙旋律永远会在崇尚美的人类心中引起共鸣。对画家来说，也是同样的道理。我相信，不管人们对美术的审美需求发生多么大的变化，像程十发这样的画，生命力永不会消失。和莫扎特的音乐一样，程十发的画中流露的爱和激情会在人心中引发共鸣。在喧嚣烦躁的市声中，欣赏程十发的画，总能获得一份美妙的宁静，从而引起对生命的许多美好的联想。对一个艺术家来说，还有什么比抵达这样的境界更为成功呢?

1995 年 4 月 11 日于四步斋

色彩的哲思

静夜，无风，无月，一个人独对青灯，然而思绪却如同展翅的鹏鸟，在辽阔的天地翱翔飞舞，眼前不时闪过奇异美妙的景象：忽而是朦胧的江南烟雨，忽而是急骤的北国风雪；清澈的溪涧在山谷中蜿蜒，晶莹的月光在荒野里流动；亿万年的古岩，化作了表情庄严的脸，沉静的目光正穿越无穷时空，审视着现代人浮躁的灵魂……

这是我看了浙江画家杜巽的山水画册后产生的遐想。在我的印象中，杜巽是一位擅画人物的中国画家，我曾见过他画的人物，有独到的个性和功力，想不到他也能画出如此丰富多姿的山水。杜巽是江南人，他在画册的自述中有这样的自白："少年时代在故乡宁波东钱湖旁的一个山村里读书樵牧耕作，自幼对江南水乡的田园风光有着天生的眷恋之情。"他用画笔描绘江南风光时，饱含着对家乡的感情，那种湿润温馨的气息从画页中扑面而来。在他的作品中，无论是小桥流水、桃云柳烟，还是湖波帆影、古树老村，都画得空灵而朦胧，有一种淡淡的惆怅，一种梦幻般的情调。可以感受到画家对故土、对童年往事的怀恋。如果这本画册仅此而止，那么格局大概还不能算大。然而画家的感情并不局限在江南的山水，他的视野，

杜巽　国画

秋艳　杜巽　国画

飞越千山万壑，绘北国，画异域，为人们展现了和江南山水完全不同的景象。使我感到惊奇的是，在描绘粗犷雄峻的北国风光时，尽管客观景物的反差那么大，但他却依然能保持自己的风格，在雄浑中见细腻，在冷峻中见热情。细腻的笔墨，画出了气势阔大的景象，使人在惊叹自然的雄奇时，也感慨艺术的气象万千。值得一提的是，他画异域风情的几幅画，如梦如幻，使人产生无穷的遐想。合上画册，我的眼前还浮动着吴哥窟石像们那种幽远神秘的目光。

杜巽的画册中，没有一览无余的浅薄。在形形色色的山水中，不仅能感受到画家的激情，也能体味出他深沉的哲思。这是一个经历了风雨坎坷、阅遍了人世沧桑的现代人对自然，对生命，对历史的思索和憧憬。这些用色彩和线条表达出来的思索和憧憬，要比概念化的文字动人得多。这和文学创作其实是同样的道理，仅仅有技巧和激情，没有独特的哲思，很难写出深刻大气的作品。我想，这是我为什么会喜欢这些画的更深层的原因。

1995 年 4 月 21 日于四步斋

梅　魂

20世纪的中国，历尽沧桑，国运沉浮起落，民气跌宕徘徊。这样的时代，对艺术家来说，既是艰难时世，也是峥嵘岁月。很多有才华的艺术家因为环境，因为生活，因为各种各样人为的因素，在艺术的道路上半途而废。也有的人，原本就把艺术当作叩开名利之门的敲门砖，当发现这块敲门砖并不能敲开名利之门，他们就会将艺术随手抛弃。而真正的艺术家，把艺术看作生命的一部分，一息尚存，他们便不会停止对艺术的探索和追求。他们在动荡中求索艺术的真谛，在困苦中追寻人生的妙境，他们不为生存环境的险恶而颓丧消沉，不为个人命运的曲折而萎靡不振。艺术的理想对于他们如同隐匿在乌云背后的太阳，尽管会长时间被黑暗笼罩，然而他们最终将拨开乌云，让灿烂的阳光洒满他们苦心耕耘的园地。正如雨果所说："艺术的大道上荆棘丛生，这也是件好事情，常人都望而却步，只有意志坚强的人例外。"

画家管锄非，就是这样一位意志坚强的艺术家。

我知道画家管锄非这个名字，是在20世纪90年代，这时，他已经是一位80岁出头的老人。我是先听说他的经历，再看到他的画的。管锄非的经历有传奇色彩。20世纪30年代，他在上海美专求学，是国画大师黄宾虹的得意门生。黄宾虹曾预言："管锄非不成名则已，成名则为大家。"离开学校后，他的很多同学，成了画坛名家，成了名扬海内外的艺术大师。而他却几乎销声匿迹，有人甚至以为他已经不在人世。那么，这数十年中，他在哪里？他在干什么？他为什么会失踪？这个秘密，直到20世纪90年代初才为世人所知。在这数十年中，他历尽了难以想象的人间苦难，这种苦难，是肉体的，也是精神的。他蒙受过巨大的冤屈，失去过宝贵的自由。在喧嚣的人群中，他受过批斗，遭过白眼；在无人的荒野破庙，他忍过饥，挨过冻。在最困难的岁月中，屈辱、孤独、贫穷和饥寒结伙将他包围，然而他却没有绝望。因为他有一个忠贞不渝的朋友，这个朋友便是艺术。在崎岖的旅途上，在孤苦的困境中，他从来没有放下过手中的画笔，从没有停止过对绘画艺术的追求。他把艺术当作了人生的目标和生命的动力，艺术的光芒照亮了他那灰暗凄凉的生活之路，使他最终走出了命运的沼泽。当他的画展奇迹般地公之于世时，人们看到的是一位胸怀博大、超凡脱俗的国画大家，他笔下出现的万千气象使人们沉醉。他的作品所展示的景象，不仅是大自然的旖旎风光，也是一个百折不挠的艺术家美妙的心灵境界。管锄非对梅花情有独钟，他的作品中，最多也最引人入胜的，是梅花。他画的梅花，从那些苍劲枯涩的枝干中，可以感受生命的多灾多难和顽强不屈，从那些轻柔烂漫的花朵中，却又使人惊叹生命的美丽莹洁。历尽风雪寒霜和劫难困苦，最终开出高洁繁茂的花朵，这些梅花，正是画家坎坷人生和艺术生涯的写照。

我不是美术评论家，无法对管锄非的绘画艺术作什么权威的评价。我相信，在中国的美术史中，管锄非的画自会有属于他的恰当的评价和地位。我也相信，一个将毕生的心血和感情倾注于笔端的画家，一个真诚地用画笔倾诉了对生命和大自然的热爱的画家，他

梅花　管锄非　国画

的作品一定会有生命力。既然灾祸和磨难未能将他那崇尚美的个性湮灭，既然流逝的岁月未能将他的艺术才华淹没，那么，世俗的偏见和功利的砝码也无法贬低他留给世界的丹青，无法否认它们的艺术价值。

管锄非先生生前曾和我有过一面之缘。那时他虽已年过八十，却是鹤发童颜，言谈举动中时时流露出活力和朝气。听他谈经历时，我的心灵为之震颤。然而他的神态平静，语气恬淡。他对我说：“人世多变，人情无常，而自然的规律却永恒。我能活到今天，画到今天，也是大自然对我的厚爱。”他的这些简短而蕴涵深意的话背后，该有多少滴血含泪的故事作为注解。我曾想，如果把他的经历告诉人们，一定会使人们更热爱艺术，也更热爱生命。现在，有了这本叙述管锄非生平的传记，我由衷地感到欣慰。相信读者们会被这本书吸引，因为，这是一位不同寻常的艺术家的故事，是一部真实的传奇。

管锄非的儿子管子弘先生送来《梅魂》书稿，并嘱我作序。陆续写下这些感想，也算是对我所敬佩的锄非先生的一点纪念吧。

1996 年 4 月 10 日于四步斋

激情和憧憬
——和平画展序

看和平的画，犹如走进一个万卉争艳的花园。扑面而来的，是明丽的阳光，斑斓的花影；是流淌的碧水，漾动的涟漪；是绚烂的云霞，翔舞的彩虹。在这些使人赏心悦目的光彩中，隐藏着一些美丽的脸，这些脸上，流露出平和的宁静，凝聚着期盼的目光。这些色彩和表情，交织成一片欢乐祥和的美好情境。

这样的情境令人神往，使人心神为之清朗愉悦。在他的画中，似乎集中了四季色彩的精华，也表达了人类对幸福的憧憬。这些画使我感到新鲜，也使我感受到美。这是一种明亮的美，一种欢悦的美，一种健康的美，一种生机勃发的美，一种诗意盎然的美。一个画家，能在作品中如此强烈地让人感受到对美的追求和向往，并且让人陶醉于他所表达的美，殊属难能可贵。

使人对和平的画产生浓郁兴趣的，还有一个重要的原因，就是他这些作品的题材。他表现的是中国各民族的风情和习俗，这类题材的内容丰富而浩繁，要想在几十个画面中穷尽其内涵，根本不可能。以中国各民族的生活风俗作为绘画题材，在美术界早已不是什么新鲜的举动。然而和平这些画，却独辟蹊径，使人耳目一新。他对中国各民族的描绘，不是照相式的图解，也不是枯燥呆板的临摹，而是一种充满青春活力的创造。在这些画中，几乎看不到对民族风情的具体刻画，然而你不得不承认，从他的画面中，透溢出来的是极其浓烈的民族气息。他通过勾勒一簇花，渲染出春色的烂漫，通过追踪一束光，表现出长虹横贯天空的七彩斑斓，通过画一双眼睛，传达出崇尚自由的民族对美好未来的憧憬。在他的画中，我们能体会到中国各民族生活色彩的斑斓，也能想象他们赖以生存的广袤大地和辽阔山川，不同民族的不同风格和性格，巧妙而传神地在这些画中被表现了出来。我想，能创造如此境界，不仅取决于画家的才华和艺术功力，也取决于他对描绘对象熟悉理解的程度。

和平是纳西族人，虽然在都市长大，但源于高山大川的血液使他具备了澎湃的激情，也使他拥有了不同于他人的思路和视角。为创作这些画，他跋山涉水，云游八方，呕心沥血，使孕育在心的艺术和理想的种子发芽长叶，开出耀眼的花朵。在这些画中，我们能感受到一个艺术家的激情和憧憬，也能感受到一个中国人对中华民族的热爱。

艺术贵在独特，贵在创新。而独特和创新未必就一定体现了艺术的真谛，也未必是表现人间的至善境界。所以不少新潮的艺术风行一时却难以深入人心，有的很快便被人们忘却，这一点也不奇怪。只有用独特的艺术语言，倾诉了艺术家真诚的激情，传达了人间美好信息的作品，才可能真正被人们喜爱，并具有长久的生命力。

和平的画，用缤纷明亮的色彩和情调表现了他心中的激情和憧憬，我相信，在今天这样生机勃勃的变革时代，和平的激情和憧憬一定会在很多人心中引起共鸣。这样的共鸣，正是美妙艺术的魅力。

1996年10月12日于四步斋

风雅室内乐

读画，和读书一样，是陶冶性情的一种途径。

在中国的画家中，广东的澄子（赵澄襄）或许可算是异帜独树的一位。多年前，我看到她的剪纸，很为她那种雅致精巧却又充满生活气息的风格惊喜。她的剪纸，从民间吸收了丰富的营养，又融入文人的情趣，初看似曾相识，细看便觉得不同寻常，其中有淳朴的乡风，也有现代人的意趣，清新通俗，耐人玩味。对民间艺术，取其形式，赋予新的精神和内容，我想，这是一个聪明且具有创造力的艺术家之作为。

后来又看到了她的国画，依然使我觉得新鲜，而且依然似曾相识。为何似曾相识？像什么？我想了一下，答案很简单，她的国画，从她的剪纸中脱胎而来。题材类似，构图类似，作品的意韵也类似。然而，这种类似又不是简单的重复，将剪纸转化为国画，需要技巧，也需要想象力，更需要创造力。相比她的剪纸，澄子的国画色彩更斑斓多彩，韵味也更丰富悠长。我所说的这种似曾相识，其实只是对熟悉澄子作品的人而言，如果没有见过她以前创作的剪纸，那么，这些国画必定能给人全新的印象。

乡情小品　赵澄襄　国画

澄子的国画描绘的是日常生活的景象，常常是厅堂一角，书房一隅，画面上，只是一扇窗，半面屏风，一张茶几，数把椅子，一只花瓶，两盘蔬果，一盏灯，几卷古书，一把茶壶，三五杯盅，一只休眠的猫……这些，就是构成她的作品的素材。静物，普通的生活用品，组合成色彩斑斓的画面，飘溢出温馨的气息，使人感到一种宁静，一种无法言传的优雅。这些作品，描绘的都是室内的环境，没有阔大的场面，更没有慷慨激烈的旋律，却同样令人心驰神往。如以音乐作比，这些画不是气势恢宏的交响乐，也不是旋律多变的协奏曲，而是弦乐独奏，是温文尔雅的室内乐。有人将之比为中国的丝弦，那当然更为妥帖，因为，这些画，表现的是中国人的日常生活，是最纯粹的中国情调。画中虽无人，然而却能使读者面对着画面联想起生活在这些环境中的人物。这是些什么样的人物呢？是安详和善的老人，是安娴文静的少女，是对一切都心怀好奇的孩童，是相信“宁静致远”的书生。这些静物的拥有者，是平民百姓，是读书人，他们有平和达观的性情，对生活和艺术充满了情趣和热爱。我想，澄子大概也是拥有这种心情的人，否则，怎么可能画出这样的作品。

欣赏澄子的国画，会获得一份好心情。你不妨设想自己就是这些画面中的主人，倚靠在古老而舒适的木椅上，翻阅一卷有趣的古籍，这时，午后的阳光正从窗外斜射进来，拂照着青花瓷瓶中几枝含苞欲放的莲花，清馨的茶香和淡雅的花香交织在空气中，无声地把你笼罩……无人的画面，正好为读者的想象提供了自由的空间。在人心浮躁的生活中，能走进这样温馨祥和、诗意盎然的画面，是一件美好的事情。相比那些有人物出现的作品，我更喜欢无人的画面，喜欢那种能激发想象的空灵和恬静。

澄子偏爱中国的明式家具，明式家具经常作为主角出现在她的作品中。明式家具那种简洁流畅的线条，端庄而又不乏活泼的造型，清瘦，文雅，方正有格，仿佛是风骨高雅的古代文人塑像。这样的形象，大概符合她的审美观。当初她创作剪纸，就经常用剪刀将这些明式家具剪得姿态绰约，变化多端。而在她的国画中，这些明式家具被表现得更为活泼传神。

也许有人会说，这样的国画，格局太小，视野太窄，没有气派。对这样的议论，我不以为然。艺术家的风格，取决于他的性格学养，也取决于他的生活经历和兴趣爱好，艺术价值的高低，不在于作品格局和气势的大小，而在于它们是否真正传达出人类心灵对美的感受。澄子的国画，使我想起了唐代的女诗人薛涛。薛涛的诗作没有磅礴的气势，大多是小格局，风花雪月，很个人的悲欢感叹，然而她却也不失为一个有独特个性的优秀诗人，她的诗，可以和李白杜甫，和王昌龄岑参他们的作品一样，流传于世，被当时的读者喜欢，也被后来的人们接受。薛涛也擅长丹青，她当时绘制的一种水印笺纸，被人称为“薛涛笺”，深得文人雅士的喜爱。我没有见过“薛涛笺”，不过我相信它们大概和薛涛的诗一样，充满了委婉的艺术气息。将澄子的画与薛涛的诗类比，也许牵强，我要表达的意思是：只要艺术家有自己的独特语言和表述方式，只要他们在自己的作品中表达了真性情，只要读者能通过他们的倾诉感受到美，感受到对生命和生活的爱，那么，他们就是成功者。在这一点上，将澄子和薛涛类比，大概也无不妥吧。

1999 年 10 月 31 日于上海

翱翔在异域

最近，认识了旅美中国画家郑志岳。他是我熟悉的老作家秦瘦鸥先生的女婿。前些日子，郑志岳夫妇曾来访，在我家谈了他在美国的经历，颇使我感慨。

郑志岳的油画，很大一部分以西藏的自然景色和牧民生活为题材，我看过他的油画的一些印刷品，觉得他画的西藏风情有独特之处。在他的油画中，人、动物和高原美妙的大自然融为奇妙的一体。他的油画画面上一定有阳光，有温暖的色调，即便是那些衣着褴褛的人物，在阳光下开朗的表情也不使人感到阴郁。这是一个对生活和世界充满憧憬和热爱的艺术家的心情流露，这样的画面使我联想起法国画家雷诺阿的作品。当然，郑志岳的画和雷诺阿完全是两回事，擅画女性的雷诺阿永远也无法领略世界屋脊的风光。不过，不同国度，不同时代的画家，对生活和人生有着相似的憧憬，这完全可能。雷诺阿在逆境中作画，生活对他严酷而无情，然而他的画中的人物总是沉浸在灿烂的阳光中，使人感受到人世的光明。这一点，郑志岳有点像雷诺阿。

郑志岳的经历也不是一帆风顺的。

孩子和牦牛　郑志岳　油画

刚到美国时，他的画并不被人认可。势利的画商们不相信这位名不见经传的中国画家会创造什么奇迹，所有的画廊都将他拒之门外。对美国人的冷落，郑志岳淡然一笑。他来不及想得更多，他有事情要做，他渴望作画，渴望把萦绕在他心里的那些关于西藏的回忆画出来。他把自己关在一间小小的画室里，默默地，孜孜不倦地画着，他沉浸在自己的世界里。这是一个奇妙的世界，这个世界里，有世界上最蓝的天空，最纯净的流水，最纯朴的表情。这一切，是他在西藏旅行时感受到的，它们铭刻在他的记忆中，成为他永远的财富。他的作品一幅一幅在增加，而堆满油画的画室却因此而一天一天缩小。他不可能在小小的画室里陈列所有的画，只能将它们卷起来，叠起来。如果展开所有这些画，人们将看到一个广袤斑斓的世界，将看到地球上最动人的风景。他画的是离天空最近的大地，在这片大地上，神秘和坦白，粗犷和细腻，辽阔和精微，水乳交融般地交织在一起。他的画使人产生诗的联想，使人的想象之翼高飞远翔，使人在陶醉的同时猛然领悟到，在远方，还有一个没有被污染的纯净的世界。他的画笔把这个世界斑斓多姿地展现在人们的面前。然而没有人到他的小画室里来看这些画，没有人能感受他心中和笔下的激情。一个真正的艺术家，绝不会因为孤独而放弃艺术，他经受了一个艺术家必须经受的孤独。作画，使他日渐消瘦，也使他囊中羞涩。就在他开始感到走投无路时，一场大祸从天而降。

一天，他一个人在纽约曼哈顿的一条街道上散步，突然轰的一声，他感到刹那间躯干碎裂，肢体四散，包围他的，是无穷无尽的黑暗深渊……一辆飞速行驶的轿车，将他撞到了死神的脚下，他躺倒在异域的马路上，筋骨断裂，伤痕遍体，血流满地。他不记得自己是怎样被送进医院，也不记得医生怎样对他进行抢救。醒来时，他看到自己全身都被石膏和绷带包裹着，像一具僵硬的尸体。人们都以为这个昏迷不醒的中国人已经完了，然而他却奇迹般地活了下来。伤愈后，他又以惊人的毅力锻炼，恢复了身体的功能，这场可怕的车祸，除了一些伤疤，居然没有在他身上留下什么后遗症。而有意思的是，在这场车祸之后，他似乎时来运转，渐渐摆脱了逆境。画商们找上门来，要为他开画展。第一次画展就大获成功。他的那些展现西藏风情的油画，使崇尚自然的美国人心向神往。他的名声，不仅在画商中传开，也渐渐在一些热爱美术的美国人中传开。美国人中，有了他的画迷。在一些重要的拍卖行里，也出现了他的油画。一位美国医生，先后竟购藏了他的30余幅作品，医生家的厅堂卧室里，挂满了郑志岳的画，走进他的家，就像走进了郑志岳的画展。他成了在美国成功的为数不多的中国画家之一。

郑志岳在美国画画，却并不想以现代前卫的画风去取悦迎合美国人。他认为现实主义的美术风格永远不会失去它们应有的价值，也不会失去生命力。在西方的现实主义画家中，有两位画家在他心里有着崇高地位。一位是17世纪的荷兰画家维米尔，在美术史上，维米尔的地位并不突出，但郑志岳倾心于他的准确、细腻和精微。维米尔画的大多是当时日常生活中的景象，譬如著名的《读信》《厨房》等，他一生只留下70余幅作品，但每一幅都是成功的传世之作。维米尔画风的魅力和他的艺术成就，现在正越来越被人们认识。郑志岳喜欢的另外一位西方画家，是当代美国的写实主义画家安德鲁·怀斯。在费城，安德鲁幽居于一个小村庄，坚持以他写实主义的风格画人物，画风景，成为举世公认的大画家。20世纪60年代至70年代，美国人疯狂地崇尚现代派画风，而怀斯却不改初衷，锲而不舍地走自己的艺术之路，在他的作品前，人们不得不承认写实主义的魅力。在现代派风行的日子里，怀斯和美国的现代主义画家们并驾齐驱，分享着成功和荣誉。郑志岳并不想在艺术上模仿重复这两位画家，然而在欣赏这两位西方画家的艺术时，这位中国画家对自己的创造和追求增添了更多的信心。

我看了郑志岳这次回国后画的六幅油画，仍然是西藏的题材，孩子，老人，牦牛，马，草原，山峰。画面上的一切都被温暖而明亮的阳光笼罩着，使人产生一种平和宁静的感觉，产生对辽阔纯净的大自然的向往。我观看这些画时，郑志岳在一边默默地站着，不说一句话。对这样的画，无须多作解释，画家已经为我打开了一扇神奇的门窗，我能越窗而入，走进这些画中，使自己变成一种鸟，飞翔在阳光灿烂的大地之上，变成一匹马，驰骋在澄澈透明的天空之下……这是艺术的魔力。

2000年1月29日于四步斋

品 画 二 题

诗人的剪影

诗人站在窗前，在烛光下低声吟诵他的诗稿。从窗户里可以清晰地看到他优雅的剪影。窗外，秋风萧瑟，几片枯叶形单影只，在光秃秃的枝头飘动，随时都可能会被风扫落。我无法知道诗人正在思考什么，吟诵什么，但每次看到这幅画面，我就会被其中既静止又漾动的气息打动。那是一种幽深而忧伤的气息，在普希金的诗篇中，常常能感受到这种气息。

这是《普希金抒情诗集》的封面。1958 年由新文艺出版社出版，共两本，分为一集和二集，两本书的封面相同，只是色调稍有变化。设计封面的是画家章西厓。中国出版的普希金诗集不计其数，诗集的封面也是琳琅满目，然而我还是最喜欢这个封面。如果把封面比作书的面孔，这张面孔和里面所包含的情感与思想是何等吻合。西厓先生在 20 世纪 40 年代初以版画成名，50 年代后历尽屈辱磨难，然而一颗爱美之心始终坚韧地活着并成长着。80 年代后他复出画坛，为世人奉献出不少精美的画作。西厓先生生前和我有不少交往，我相信他一定是读懂了普希金的。

安徒生画像

传说中安徒生长得很丑，少年时代，他曾经因此而自卑。在这幅画像中，安徒生并不难看，他瞪大眼睛凝视着前方，沉浸在自己的遐想之中。画面上有两个细节很有深意。一个细节，是他视野中的一轮太阳，这是作家心中的理想和憧憬，也是他才华的来源。另一个细节，是安徒生手中的花，这是作家对生活对天下孩童的爱，正是这种爱，使他心中源源不断地涌出美妙动人的故事。这两个具有象征意义的细节，使得这幅画像非同一般，给读者提供了无穷的想象天地。

我不知道这幅版画像的作者是谁。在20世纪30年代出版的汉译安徒生童话中，曾经多次印过这幅画像。后来出版的安徒生的书中，就很少看到这幅画像了。最近，在光明日报出版社出版的画册《左联画史》中，又发现了这幅画。

2000年2月

哲人的目光

俞晓夫是我钦佩的一位画家。很多年来，他一直在油画的领域中探索，他的作品有一种独特的气息和韵味。有些人只是凭一些技巧和小灵感作画，俞晓夫的绘画技巧无可挑剔，但他不满足于传统的绘画方式，他是一个爱思考的画家，他的作品中总是迸射出与众不同的思索火花，耐人寻味。

我认识俞晓夫很多年，也一直关注他的创作。在上海的画家中，晓夫是很沉得住气的一位，他不为汹汹世风所左右，不赶时髦，也不媚俗，坚持着自己的艺术追求，在油画创作领域中独树一帜，形成了鲜明的风格。他把对历史、文学和哲学的思考融入绘画之中，创作出很多非同一般的作品。譬如他的一幅题为《今日早新闻》的作品，画面上一群哲人聚集在一起，陪伴着一个现代年轻人读报，在弥漫的晨雾里，依稀能辨识出托尔斯泰、马克思和鲁迅，还有展翼欲飞的天使，躺在摇篮中的婴儿，乌云翻滚的天空中飞翔着美国的隐形战机……这样的画面似乎有些繁杂，但却很深刻地展现了现代生活的喧嚣，也展示了知识分子的困惑和梦想。这样复杂的主题，本来不是一幅油画所能承载的，但俞晓夫却用他的画笔传神地表现了这

静物　俞晓夫　油画

样的主题。他的一些历史人物画，也注重刻画人的精神世界，譬如他画的托尔斯泰、李大钊、吴昌硕、任伯年，都不是照片式的重现，而是融入他对历史的思索。他描绘的人物，眼睛常常隐匿在阴影之中，画家的笔虽不将眼神直接点出，但读者却能感觉到画中人逼视的目光，以及目光背后蕴藏的丰富情感。这是一个值得研究的现象。

我喜欢俞晓夫的画，很想收藏一幅，挂在我的书房里。但是在画廊中看到他的作品，标价都要好几万。现在的画家，不会轻易送画，因为在很多人眼里，那等于送钱。前些时候，我请评论家毛时安转告晓夫，想买他一幅画。晓夫听说后，这样回答毛时安：朋友之间，只能以画相赠，要么不画。后来，晓夫给我打电话，说要画一幅画送给我。他说到做到，今天真的看到了他为我画的画。

下午和毛时安一起去上海油雕院，在俞晓夫的画室里，看到了他准备送我的那幅画。那是一幅静物，画面上是一些器皿和几何体，中间是一尊哲学家的石膏像。幽谧的光线在物体中流动，使它们重叠成一体。表情凄惘的哲学家在几何体中沉思。在这样的画中，能看到历史留在艺术家心里的影子，能遇到哲人穿透岁月帘幕的目光。晓夫说，这不是应酬画，他是用心画的，以后办画展，说不定还要向我借。我告诉他，我喜欢这幅画，它会挂在我的墙上，陪伴我的写作和生活。

画布上的颜料还没有干。晓夫带我去他熟悉的一家私营画框厂配框，晓夫的油画都在那里配框。画框厂的女老板是一位懂画的行家，她对晓夫的这幅新作啧啧称赞，她说："从来没见过俞老师将这么好的画送人。"晓夫憨厚地微笑着，仔细为我挑选了和画的风格协调的框架，一直忙到晚上七点多。

我想，这幅画，也是晓夫赠我的友谊纪念吧。

2000 年 9 月 4 日于四步斋

凝重的憧憬

郑志明是一个很有个性的水彩画家。他的作品，不朦胧，不浮夸，不故弄玄虚，给人脚踏实地、浑厚扎实的印象。他用水彩画描绘的西藏风情，表现出非同一般的功力。他作品中的人物，无论是寺庙里的喇嘛，还是草原上的牧童，都有浓厚的生活气息。他的画里有炽热的阳光，有温暖的烛火，也有寒风凛冽的雪地，在不同的环境中，藏民自然的姿态和单纯的表情被他表现得多彩多姿。那些被高原的日光和风雪雕刻出来的脸庞，雕塑一般呈现在他的作品中，令人叹为观止。他画过一个藏族汉子，在强烈的阳光照射下，那张多皱的脸犹如奇峻的山峰，沧桑、愁苦和对生活的憧憬，都凝集在他的皱纹和眼神中，令读者怦然心动。在水彩画中，我还是第一次得到这样的感受。

郑志明画过不少草原的孩子，他们有的赤身裸体，有的衣衫褴褛，但我在画中感觉到的却是对生命和自然的真诚讴歌。这些孩子的周围，有青翠的绿草，有辽阔的大地，有和他们相依为命的动物——牛、羊、狗。孩子们的脸上，常常出现和他们的年龄不协调的沉思表情，这并不是画家故作深沉，我相信孩子们的表情是发自内心的

守望　郑志明　水彩

流露。我去过青藏高原，我也观察过那里的孩子，在高天阔地的映衬下，孩子们的神情常常显得不同寻常。在郑志明的画中，孩子和他们赖以生存的自然亲切地融合成一体，成为天地间最动人的风景。

有人说，郑志明的水彩画有点像油画。我觉得这对他是一种赞誉。水彩画画得轻灵飘逸，我们见得太多，能用水彩画画出油画般的凝重、浑厚和坚实，又有几人？郑志明对自己的绘画风格的定位，和他所钟情的描绘对象有关，他选择的题材，用那种朦胧空灵的笔触恐怕难以表现。我读过郑志明的一本作品画册，其中的不少作品，看印刷品确实和油画无异，但是只要看一下他的原作，就会发现，它们还是不折不扣的水彩画。如何在纸上控制水彩的蔓延漾化，使之形成油画的效果，这是郑志明的秘密。不过，我相信这不会是郑志明风格的定型。随着绘画题材的拓展，随着他对自然和人的认识深化，他的绘画也可能会删繁就简，也可能会出现灵动和朦胧，从而让人耳目一新。

郑志明是一个执着的画家，除了出门旅行，大多数时间他总是把自己关在画室里，面对着画架倾诉内心的情感，探求水彩的真谛。只管耕耘，不问收获，这是难能可贵的一种境界，但我相信他的才华绝不会被湮没。听说他的作品曾多次在国内外的画展中获奖，这一点也不奇怪。我们的社会，早已不再封锁闭塞，真正的瑰玉绝不会被埋没，相信画界也是如此。郑志明这样的画家以及他所创造的艺术，一定会被更多的人认识。

2001 年盛夏于四步斋

红烛和鳜鱼

鲁光是我的老朋友。当年他曾以报告文学《中国姑娘》名满天下，是一位知名度很高的作家。20 世纪 80 年代中期，他是《中国体育报》的总编辑。那一年，他在浙江新安江组织了一次笔会，参与者是一批对体育题材报告文学有兴趣的作家。在那次笔会上，我发现鲁光对国画颇有兴趣，本来是写作的笔会，但只要有空，他便铺开宣纸挥笔作画。我们还合作过几回，我画竹子，他画鸡雏。我发现，他虽然没有多少绘画的经验，却落笔不俗，在宣纸上挥毫落墨时胆子极大。我少年时代有过一点绘画的经历，但面对画桌，绝无鲁光的气魄和胆量。后来才知道，原来他曾向国画大师李苦禅学过几手，所以能在宣纸上画小鸡，画鲶鱼，他的大胆并不是鲁莽和瞎蒙，而是有来头的。看他只寥寥几笔，便能画出鲜活的生灵，很有一点大画家的派头。

原以为鲁光只是画着玩玩，没想到他还当了真。渐渐地我发现，鲁光文章写得少了，画却画得越来越多。他不仅画鱼和鸡雏，也画牛，画花卉，画山水，画故乡的村宅，画得拙憨而大气，泼墨淋漓中，荡漾着灵动睿智的气息。他发表的文章，也大多和绘画有关。他

生命　鲁光　国画

居然还拜北京的国画大家崔子范为师，正儿八经地画起了大写意国画。20世纪90年代初，有一年收到鲁光寄来的一本挂历，挂历里印的是他自己的画。看挂历的封面，就使我大吃一惊，无数枝燃烧的红烛排满了画面，火苗闪耀，红烛成行，眼前一片鲜亮的红色。在此之前，我还没有见过有人在宣纸上这样画红烛。后来鲁光告诉我，在杭州去灵隐寺时，看到大雄宝殿前的烛火，突发奇想，回来后便在宣纸上画出了这幅画。所有见过这幅画的人，都有一种受到震撼的感觉。

鲁光广交天下俊杰，他的朋友中，最多的是画家，我知道的，就有李苦禅、崔子范、徐希、范曾、刘勃舒、吴山明、张广。所谓

鳜鱼　鲁光　国画

“近墨者黑”，握在鲁光手中的笔，更多的时候是绘画的毛笔而不是写字的钢笔，他的画越画越有名堂。他在北京，我在上海，不时听到和他的绘画有关的消息，譬如他和一批作家一起在中国美术馆办画展，他的作品被各种各样的单位和个人收藏。他的国画也出现在北京荣宝斋的展厅中，标价一点也不比那些画了一辈子的大画家们低，而且听说他的画很受欢迎。再后来，他在北京和浙江办了他的个人画展，鲁光的名字，和中国画连在了一起。

我有几幅鲁光的画，其中一幅是他画的鳜鱼。那是 20 世纪 90 年代初，有一次去北京，鲁光请我和画家吴山明吃饭。饭后我们去他家，在他的书房兼画室中聊天。话题当然是绘画。谈得兴起时，鲁光手痒了，便拿出笔墨，铺开宣纸，画了一条鳜鱼和几只红辣椒，又请吴山明在他的画上补墨题词。那条鳜鱼虽然画得简单，却灵气酣畅。接着他又画牛，画得不满意，执意请吴山明为他示范，吴山明拗不过鲁光，挥笔画了一幅水牛戏月图，三条水牛，面对着倒映在水中的一轮明月，画面朦胧淡雅，极有韵味。吴山明是当代国画大家，他的水墨人物画在画坛独树一帜，看他画牛，也是一种享受。这两幅画，现在都在我手中，有时拿出来看看，便又想起了那天在鲁光家里看他和吴山明一起挥毫泼墨的情景。

现在，鲁光已经是公认的"两栖艺术家"，既是作家，也是画家。在他的家乡浙江金华，故乡的人们以鲁光为荣。他在家乡的山林中建造了一个小小的山庄，他自己设计的楼房，依山而建，房前清泉环绕，房后绿荫覆盖，是一个美妙的庄园。鲁光现在已经退休，从繁琐的公务中脱身，使他有了更多的时间做他喜欢的事情。他常常南下隐居在故乡的山庄中，天天面对着青山绿水，天天面对着宣纸和笔墨，天天陶醉在创造的乐趣之中。他把心中的悲欢喜乐和憧憬梦想，全都倾泄在自己的画中。我羡慕鲁光，他追寻到的境界，令我神往。

鲁光给我看过他故乡山庄的照片，还邀我到那里做客。哪一天，我们能一起聆听着流泉的吟唱，面对着逶迤的青山，回忆着青年时代的往事，再一次陶醉在艺术给我们带来的欢欣之中呢？

2002 年春日于四步斋

文人情怀

林琴南是中国文人中很独特的一位，他不懂英文，却是第一个把大量世界名著翻译成汉语的翻译家。直到现在，还有不少人津津乐道地谈起林琴南用文言文翻译的外国小说，很多老一辈文学家都是读林琴南的译文才开始了解西方小说的。说他是中国文学翻译的开山鼻祖，大概不是夸张之词。

林琴南也是画家。前几年我乔迁新居，有朋友送我四幅林琴南的水墨画。这四幅画，是颜色发黄的绢本，画的是山水，绘画的风格在写意和写实之间。它们挂在我的客厅里，天天向我展示着一位上一个时代文人的风雅和情致。

四幅画中，我最喜欢的那幅画的是枯树怪石。画面上，一块巨石耸立，如地下升起的一团浓烟，又如蹲伏在山巅的一头异兽，石下横出一棵老树，枝干虬曲，枝端分出三叉，枝头无一片树叶。也许画的是冬日景象，这枯树，到春天是会发芽长叶，生出葱茏树冠的，但此时它确实是一棵枯树。树下有一个草亭，筑在山巅的平台上。画中无人，是一番清寂萧然的境界。林琴南在画面的左上方题词曰："空亭老树似有墨井风致"。落款为："畏庐林纾"。"畏庐"是

枯树怪石　林琴南　国画

林纾的书斋名，在当时，这也是中国的文人们熟知的一个斋名，它也成了林琴南的又一个别名。

第二幅画的是春景。湖岸曲折，杨柳婀娜，可以感觉柳丝在微风中的飘荡。林琴南在画的右上方题了一首七绝：“十四年中过御河，杨花阵阵水微波。秋来满眼伤梅落，愁比涵元殿里多。”诗中没有咏春的意思，却写到了秋天。但画中流露的，分明是春天的气息。

另外两幅虽然画得热闹，但稍显拘谨。一幅是庐山风景，画中有山，山上有松树，山下湖波中有游人泛舟，也有一首题画七绝：“昔年湖上过庐山，不到开先鼓楼还。收得丹青入诗梦，水声长在枕头间。”诗比画更有意思。最后一幅，画面上一山兀立，山顶有修竹茂林，山后是万顷湖波，湖上两叶白帆飘然若翼。画上的题词是："爪步江空，秣陵天远"，还有一段小字："苦瓜僧用意若余何仿之终恨其不能遍肖也"。这似乎是摹仿苦瓜和尚的画意，但据我看，和苦瓜和尚的画没有多少关系。林琴南这样的富有创造才能的文人，想来也是不甘摹仿他人的，即便是临摹，也一定会画出自己的心境来。

四幅画的落款各不相同，除了"畏庐林纾"，还有"畏庐纾"、"畏庐并记"。

2002 年 4 月 24 日于四步斋

墨荷灵动

曾听到这样的议论，齐白石之后，中国的大写意画家中没有一个人能和崔子范相比。我对当代的中国画没有太深的研究，但崔子范的画，我确实很喜欢。崔子范爱画荷花，常常以浓墨绘荷叶，有时画面一片乌黑，但黑色中艳然绽开一朵红荷，红与黑互相映衬，画面鲜亮耀眼，使人联想起盛夏时节的荷塘景色。他以焦墨画的花鸟，用笔极其简练，却生动传神。有时觉得崔子范有点像齐白石，但比较他们的画，又发现其实并不一样。同样是水墨，齐白石的画飘逸湿润，而崔子范的画却凝重枯涩。齐白石画的最出色的是虾，他用淡墨将游动的虾画得透明而且栩栩如生，在宣纸上把虾画得如此神奇逼真，大概可以说是空前绝后。而崔子范更爱画荷，他的荷叶几乎是将不掺水的浓墨泼洒在宣纸上，大胆得惊人，在他之前，还没有见过有谁如此画荷。

我收藏有崔子范的一幅荷花图，画面上两片荷叶，一枝莲蓬，一朵荷花，荷叶没有用浓墨来画，而是淡淡的绿色，那枝莲蓬是浓浓的焦墨，而荷花则是鲜艳的红色。荷叶上有一只虫子，正晃动着触须在爬动。整幅图画，给人一种水雾漾动的感觉。和齐白石的同类

荷花图　崔子范　国画

作品相比，那只昆虫画得不够细致，却也灵动有神，而且和整个画面显得协调。看崔子范的这幅画，使我向往“万类霜天竞自由”的大自然，也使我感慨国画的魅力和艺术家丰富多变的表现手段。

2002 年 4 月

古雅和清灵

马小娟的国画，以她清新雅致的独特风格，引起广泛的关注。马小娟在宣纸上画荷花，画在荷塘泛舟采莲的年轻女子，画身着蓝印花布衣衫的村姑。她笔下的墨彩，落到纸上化为漾动的荷叶、含羞的莲花，它们带着湿漉漉的灵动之气，张扬着诞生于水的生命活力。而徜徉在莲荷中的女子，身姿优雅，神态安闲，眉眼中闪动着文雅和聪慧。马小娟画的人物，无论是古装女郎还是现代姑娘，她们飘逸的衣衫如云霞如水波，仿佛是从梦中飘然而至。她们神情恬淡，默然无语，却浑身散发着灵气。花草和人，同是天地间的生命，她们在马小娟的画中融为一体，给人美妙联想。

马小娟的国画，有江南水乡的韵律，有女性的细腻和妩媚。人物的适度变形，凸现了画家的个性，也使她的作品洋溢现代气息。这类作品的题材并不新鲜，但看马小娟的画，却使人耳目一新。画家丰富的想象力和独到的表现力，可以使传统的题材焕发出新颖的光彩，这就是具有独创性的艺术之魅力。

2002年5月13日于四步斋

采荷女 马小娟　国画

问　道

贺友直先生是我很敬重的一位画家。他画的连环画，风格独树一帜，画面构图的精心巧妙，刻画人物的生动传神，到了出神入化的地步，在这一领域中，中国没有哪个画家能和他相提并论。他创作的连环画《山乡巨变》，已经成为中国现代连环画的经典。很多年前，《儿童时代》杂志约我写文章，许诺请贺友直先生为我画插图。我给了他们散文《战马蜂》，杂志社的编辑果真请贺先生画了两幅插图。那是两幅漫画式的插图，将散文中顽童调皮的情状描绘得发噱有趣，至今令我难忘。

1997 年，在上海茂名路上的一家陶艺酒家，和几位画家相遇，其中就有贺友直先生。那年贺先生已经七十好几，但看起来却没有一点老态。我向贺先生表达了我对他的敬仰，贺先生也知道我。那晚谈得投契，相见恨晚。酒席之后，画家们在白瓷盘上绘画，贺先生说要为我画一个。我问他画什么，他微微一笑，凝视我片刻，提笔在磁盘上画起来。先画出一个人像，寥寥数笔，便已出现一个似坐似站的人，虽然只是一个粗放的轮廓，长方形的脸上眉眼也朦胧不清，但围观者都看得出画的是我。然后又在这人前面画出一个体态稍小

问道图　贺友直　漫画

一些的跪拜者，这跪拜者只见脑勺不见脸面，不知其表情。画上的题额为：“问道图”。贺先生指着画中站立者，又指指我说：“这是赵先生。”又指指画中跪拜者，嘿然一笑道：“这是我。我在向赵先生请教呢。”说这些话时，贺先生脸上带着调皮的微笑，像个老顽童。

面对贺先生画在瓷盘上的这幅画，我真是惭愧不已。和贺先生相比，我这样的后生小辈算什么？要说问道，应该是我向贺先生问道，他对艺术的执着，他的历久而不衰的创造力，他对生活观察的细致入微，他的想象力和幽默感，还有他的谦虚，都是值得我向他学的。这随手在瓷盘中画下的《问道图》，其实是贺先生智慧和人格的自然流露。

2002 年 5 月 8 日于四步斋

石禅的花鸟

中国画的传统源远流长，根基深厚，站在今人的地盘上向前望去，但见星汉灿烂，群峰耸立，无数座巍峨的高山横陈在来路上，若要想超越它们抵达新的阔大境界，犹如穿越深谷大壑，登临悬崖绝壁，绝非轻易之事。水墨写意在中国画中，也有着深广博大的传统。写意画的出现，使中国画进入一个美妙的全新境界。明代的徐渭和陈老莲，清代的朱耷，近现代的吴昌硕、齐白石、潘天寿和李苦禅，都是写意画中开一代风气的大师，现在看他们的作品，依然赏心悦目。写意画所表现出的艺术概括力和想象力，令人惊叹。画家饱蘸墨彩的大笔如有神助，寥寥几抹，便能描绘出世间万象，虽然简约，却形神兼备，那种化繁为简的功夫，使很多西洋的画家自叹不如。

石禅的花鸟，也属于中国画中的写意一路。他用苍劲而灵动的笔墨，自由地描绘着大自然中形形色色的生灵。莲荷、石榴、春兰、秋菊，四时花草在他的笔下临风而动；鱼、雁、鹭鸶、鸡雀，百类生灵在他的墨韵里遨游翔舞。在石禅的作品中，能感受到画家对自然天籁的熟悉和钟情。欣赏他的作品时，我总是情不自禁地感叹大自然的多姿和中国画的多彩。石禅年龄并不大，但他的作品却在绚

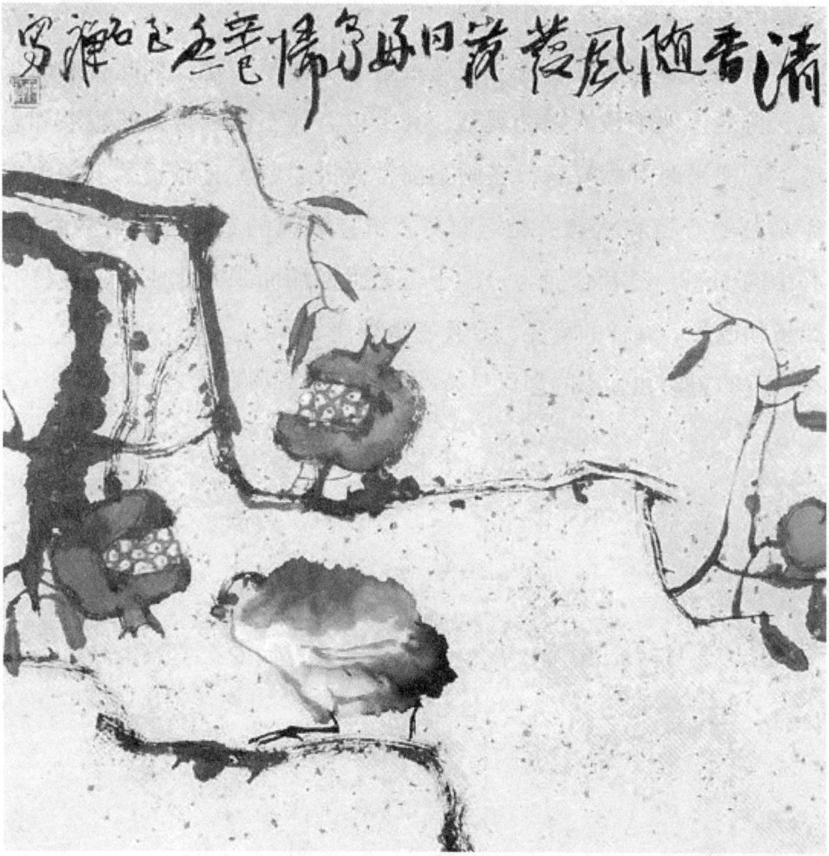

石榴和鸟　石禅　国画

烂中透露出一种苍凉之气，那些流畅而常含枯涩的线条，使我联想起那些离我们这个时代已经很遥远的大师们。岁月流逝，世事变迁，而大自然的很多景象却亘古如一，一代一代的画家描绘着它们，常画常新，这就是艺术的生机所在。石禅的作品中，依稀有昔时大师们的痕迹，却又不同于他们的风格，取材、布局、谋篇、笔墨，都凸现出自己的个性，挥洒自如中俨然自成一家。一个现代画家，能师法古人而不拘泥于古人，在继承传统时创新求变，形成自己的风格，这是中国画家难能可贵的境界。

石禅长期生活在乡村，花鸟虫鱼能在他笔下化出如此美妙的景象，得之于他细致入微的观察，其中也有他不同于常人的想象和思考。石禅平时沉默寡言，在画案前常做沉思状。有时我私下揣测他作画时的心境和状态：提笔面对宣纸，眼前的景象，古人的画意，心中的幻想，三者合而为一，于是灵感汹涌而来，化成笔下独特的线条和色彩。这样的境界，令我心驰神往。

我的想象和画家的创作是否吻合，只有石禅自己知道了。

2003 年 9 月 23 日于四步斋

优雅的天籁回声

詹仁左一直不是那种大红大紫的画家，他对艺术情有独钟，很多年来在国画领域里埋头创作，探索着属于自己的道路。他像一个辛勤的园丁，孜孜不倦地在田地里播种劳作，只顾耕耘，不问收获，但回头一看，那田地里却已是花枝繁茂，一片缤纷。

詹仁左从不以新奇怪异引人注目。他对传统的国画技法有全面的了解和实践，体会深切，功底深厚。他认为，一个中国画家，如果丢弃传统，那就是放弃自己的优势。只有在继承发扬传统的基础上创新，中国画才可能在新时代找到更阔大的出路。他的创作以花鸟为主，形形色色的花鸟虫鱼，在他的笔下无不栩栩如生。在花卉中，他尤擅画牡丹，各种颜色和品种的牡丹，被他描绘得风姿绰约，美不胜收。梅兰竹菊、莲荷水仙，他画来也是花样迭出，得心应手。那些虫鱼鸟类，在他的作品中充满灵动之气，它们在花丛里翩跹，在水波中翔舞，这是天籁的优雅回声，是生命的美妙赞歌。中国的造型能力和绘画性，在詹仁左的创作中得到了丰富的表现。

很多年前，詹仁左的画就在欧洲作过展览，不少西方的美术爱好者从他的花鸟画中发现了中国画的魅力。克林顿访问上海时，曾

鸢尾双蝶图
詹仁左
国画

参观他作画。他画的牡丹成为中国画家赠送给美国总统的礼物。

詹仁左并不是职业画家，他是上海交通大学的教授，他的工作是向学生推广艺术，传授中国画的奥秘。他不仅在大学里上课，还走进电视课堂，在荧屏上为美术爱好者挥毫示范。“桃李满天下”，对他来说一点也不夸张，他的学生已经遍布中国的天南地北。中央广播电视大学曾出版《跟詹老师学花鸟画》，还同时制作了光盘。为了弘扬民族文化，使国画艺术在中国进一步普及，詹仁左身体力行，呕心沥血，功莫大焉。

詹仁左既是画坛一位丹青高手，又是艺术教育领域一个执着园丁，对一个画家来说，实在是难能可贵。

2004年秋日于四步斋

独辟蹊径谢春彦

谢春彦可算是艺坛一奇人。他是画家，而且具备多副笔墨：漫画、速写、水墨，他都拿得起来；人物、静物、风景，他都能挥洒自如。如果仅此而止，那他还只能在画坛游逛。但他还有别的能耐，他有一支得心应手的笔，可以写字，也可以写文章。多年前，台湾女作家三毛突然辞世，上海的一些文人和读者为她开了一个小型追思会，谢春彦是创意和筹办者之一。那天走进会场，只见一侧墙上贴着一幅巨大的书法，洋洋洒洒，写满了整整一面墙，那是一篇悼文，是谢春彦的文章，谢春彦的书法。文章写些什么话，我已记不清晰，印象深刻的是他的书法。在稿纸上写文章他用右手，在宣纸上写字却用了左笔，可谓左右开弓。我第一次看到他书写如此大幅的书法，而且写得笔势汹涌，气韵浑然。那些字大小不均，排列自然，笔力苍劲，飘飘然跃跃然满壁腾飞，确非等闲之辈所为。

谢春彦是画家，却也常常吟诗作文，对艺坛和社会的众生相评头论足。他写过好几本谈艺的书，影响大的是《春彦点评录》，论画说书，信笔而至，却不甘顺风附庸，拾人牙慧，文字中常常有奇谈怪论，有别出心裁的独到见解。谢春彦敢说敢论，文风犀

谢春彦　国画

利，有点傲视群伦的派头。这并非无知无畏，而是有博学杂读勤思作底气，所以引经据典、索古喻今时全无半点羞涩，幽默得也恰到好处。

绘画当然还是谢春彦的主业，他是一个风格独特的画家。我听到过一些对他绘画的贬词，如“太黑”，“漫画一路”之类。其实，这些批评，也可以看作是赞誉。艺术贵在独创，贵在传神。谢春彦绘画用墨重，线条简练，构图夸张，却耐人寻味。这正是他与众不

有余　谢春彦　国画

同的风格。据说他年轻时不仅喜欢丰子恺、叶浅予、林风眠，还下大工夫临过黄宾虹。他现在的绘画中，似乎隐约有他们的影子，却又都不像，其实是化成了自己的风格。好画家绘画不仅靠技巧，更靠智慧。谢春彦的绘画和题款书法结合成一体，画中形象常常憨拙浓重，经书法文字巧妙点拨，便脱颖而出，满纸生趣，有时颇发人深省。当今的很多国画家，不敢在自己的画作上题字，一是怕字写得不好露怯，二是胸中墨水不多，抄几句古人诗词还可以应付，要自己赋诗撰文，便一筹莫展。而谢春彦却长于此道，且画且书，如鱼得水。近日有机会在《艺术界》上读他的一批画作，感觉竟是七彩缤纷。他居然也画花卉人体，虽然用色大胆，但依然是自己的风格。我最欣赏的，还是他画的两幅人物，一幅丰子恺，一幅林散之。丰子恺独立于江南桥头，背后一天花树风霜，还有天幕上流云般的题款，萧瑟中透出阔大。林散之只是一个头像，虽只寥寥数笔，却活画出人物神态，几笔浓墨，画出头上小帽和胸前围巾，飘逸如草书墨韵。

谢春彦曾为很多文学作品画插图，和很多作家合作出书，他的漫画速写和书法，和作家们的文字相得益彰，相映成趣。王蒙、刘绍棠、苏叔阳、陈村等人的书，有了他参与其中，便生动活泼了许多。

我和谢春彦也有过一次愉快的合作。15 年前，我的《岛人笔记》出版，谢春彦为我画了插图。那是用简洁流畅的线条勾勒的水墨画，画面很简单，却传神地表达出文章的意境，而且引人遐想。书中有一篇题为《死之余响》的散文，描述了“文化大革命”中自杀者的惨烈之状。此文在海外报纸刊登时，一位台湾地区画家曾配画过钢笔画，画得繁复精细，画面是一个痛苦扭曲的变形人像，看着让读者揪心。而谢春彦的插图却让我颇感意外，他画了一只黑猫，瞪大了眼睛蹲伏在一个十字架下。画面虽简单，却有惊心动魄的效果。读这幅插图，正是我佩服春彦兄的开始。现在，在我的书房里，还挂着他为《岛人笔记》中《蟋蟀》一文画的插图，画面上有一只巨大的蟋蟀，有我在乡间小路弯腰负重的身影。那是最典型的谢春彦风格，简练的墨线人物，神采飞扬的题跋，两者浑然成一体。我在写作时抬头看看他的画，便想起了当年“插队”崇明岛的情景，想起了我在孤独中寻求出路的青春岁月……

2004 年 10 月 1 日于四步斋

彩色梦想
——序谷永立画展

谷永立因荧屏形象而名世。她主持的电视节目被观众喜欢，在她的言语中，人们感受到智慧，在她的表情里，人们看得见真诚。她的才情，在主持电视节目的过程中得到了充分展现。

现在，谷永立又要为人们展现她另一方面的才华，这和她的荧屏形象无关。在工作之余，她拿起画笔，驰骋在梦想和色彩的天地，看到她新创作的这一批油画时，人们难免惊奇：她怎么在一夜间变成了画家?

我仔细看了谷永立的这些油画，确实有点吃惊。吃惊之一，是她竟然能画出这么多作品，这需要耗费多少时间，付出多少心血。她不是专业画家，工作也非常忙，如果不是苦心孤诣、专情执着，绝无可能有如此收获。吃惊之二，是这些油画呈现的艺术气息。谷永立初涉绘画，但她的作品却自成一格，柔和的线条，朦胧的画面，缤纷的色彩，画中的景象如梦如幻，可以引起观者丰富的联想。在她描绘的画面中，似乎有花树，有山峦，有海的波浪，有云的幻影，有风的脚步，其中还隐约藏匿着顽皮的动物和飘翔的精灵，藏匿着只有她自己知道的梦想和秘密。以渐变的色彩，流畅的笔触，编织描绘出这样的气象，她是成功的。和受过严格绘画训练的画家相比，谷永立有她的优势，她无拘无束，随意大胆，不以技法取胜，而是以她的想象力，以她的艺术天分，以她的憧憬和感悟，创造出一片属于自己的色彩世界。

看谷永立的画，引起我很多感慨。在物质生活日益充裕，而精神生活相对贫乏的时代，艺术可以在物质和精神之间架设奇妙的桥梁。如果追求艺术、探索艺术、欣赏艺术成为社会的时尚，沉溺于物质的灵魂或可得救。艺术其实并不神秘，也不该是象牙塔里少数人的玩物，只要热爱生活，热爱生命，只要有梦想，有创造的欲望和勇气，有锲而不舍的韧性，门外汉登堂入室也不是没有可能。谷永立用她的作品为我们证明了这一点。

2004 年 11 月 12 日于四步斋

生活和自然之造化

陆廷是一位执着低调的画家，十多年来一直在自己的画室里默默地画油画，用色彩表现他对世界的观察，对生命的思考，以及对绘画艺术的追求。十年前，陆廷曾经去新加坡办过一个画展，获得很大成功。他当年的那些作品，大多是静物写生，他以扎实的写实功夫，对生活中常见的景物作了精细的描绘刻画，花卉、水果、日用器皿，也有风景和人物。看他的作品，感觉亲切沉静，日常生活中的细节，在他的笔下都衍化成美的景象，让人感叹，也引人思索。

近日有机会看陆廷的一些新作，竟有一些震惊的感觉。陆廷描绘的对象，还是十多年前他画的那些景物，为什么让我产生一些震惊呢？我想了一下，还是因为他表现现实生活的那种执着的精神。感觉他仿佛是用放大镜，真实地放大了生活中的景象，那些寻常事物，因为被他精细的描绘放大，造成了一种既沉静又惊心的效果。水果，木桥，石头，完全逼真的写实，逼真到令人震撼的地步。陆廷对葡萄情有独钟，他画各种各样的葡萄，紫葡萄，青葡萄，金黄的葡萄，他笔下的葡萄，比现实中的葡萄大得多，可以看到葡萄表皮上的细微的毫毛和水雾，可以感觉葡萄透明皮下饱满的汁液。画面上这些晶莹剔透的巨大葡萄，是一种超乎现实的具象，它们比现实中的葡萄更新鲜，更艳丽，更夺目。这样的表现手法，其实是一种超现实，这也是这些画面让人吃惊的原因。

我相信，陆廷的油画不会过时。不管世事如何变迁，自然界中的很多生命状态会一直保存下来，譬如陆廷笔下的那些葡萄。画家以这些生命状态作为创作对象，貌似写实，其实蕴藏着艺术家的情感和幻想。人们面对他的画，会惊叹大自然的造化，也会感慨艺术家描摹自然的大胆和精心。

2005年10月14日于四步斋

紫色的艺术哲思

认识黄伟明，是在申窑的画室里。这些年，我常去申窑，看几位画家朋友在瓷坯上绘画，自己也试着在瓷器上写字涂鸦，我喜欢那里的气氛。在那里遇见的，大多是热心艺术的有趣的人。

那天，看见一张陌生的面孔。我去时，他正俯身在一个大瓷坛上，全神贯注地描绘着什么，对周围的动静，竟然完全无动于衷。我看了他的画，那是用毛笔画的素描，画面很丰富，有欧洲的古建筑、比萨斜塔、古希腊的神庙、巴黎埃菲尔铁塔，还有比建筑物更大的头像，眉目间，依稀像是达·芬奇和爱因斯坦，神秘的目光正透过粗糙的瓷坯凝视着我，忧伤而迷惘。而那个沉浸于自己的笔墨创造中的绘画者，却只让我看见一个壮实的背影。他终于放下笔，转过身来，让我看到他的脸，脸上淡淡的笑容，带着一点羞涩。

朋友介绍，这是黄伟明，《新民晚报》的编辑，在欧洲留过学，爱艺术，热衷油画。到申窑来绘画，只是想尝试一下在瓷器上用彩釉作画的感觉。釉彩绘画如同魔术，必须了解釉色的变化，初绘的色彩经过烈火高温烧制，会发生奇妙的变化，初次尝试，很难掌握其中奥妙。过一段日子又去申窑，我看到了黄伟明在瓷坯上的绘画烧制成形后的样子，他是初次用釉彩绘画，居然有强烈的油画效果，而且色彩艳丽，很有立体感。那个瓷坛上的人物和建筑，烧制釉变之后，是一幅很有现代感的印象派油画。他在一只笔筒上画了一束开花的芦苇，芦花是浓浓的铁锈红，仿佛在血色的夕照中迎风飘动。我喜欢这些红色的芦花，黄伟明便慨然将这笔筒赠我。初次见面，黄伟明给了我深刻的印象，他聪慧，有悟性，有艺术感觉。

后来，看到了他的油画。先是看到他的一些油画的印刷品，印在明信片上，画面不大，大多是静物花卉，也有风景。感觉他的作品笔触粗犷，色彩明亮，朦胧中透射出阳刚之风。

再后来，看到了他的油画原作。看印刷品，和直接观赏画在布上的油画，感觉完全不同。绮丽大胆的构图，艳丽灿烂的色彩，深蓝的天空蓝得如同幽深的海洋，房顶和山冈上的阳光如烈焰燃烧，花树和仙人掌火炬般炫目。画中人形体夸张，姿态优雅，也像是天地间奇妙的花树。他的很多作品中，深蓝色和金黄色在同一个画面中形成极为强烈的对比。这使我想起曾在墨西哥和青藏高原见到过的壮丽景观，那里晴空深邃，烈日朗照，起伏坦荡的大地毫无保留地承受着阳光，那种开朗和深沉，令人沉醉，也让人胸襟为之阔大。我知道他不是描绘墨西哥和西藏的景色，但他创造的画面牵动了我记忆中那些印象深刻的瞬间。我想，那些能在不同的观者心里引起不同联想的艺术，才是有意思的艺术。

黄伟明的油画，常常介于写实和抽象之间，画中物体的适度变形和夸张，鲜亮炫目的色彩，使他的作品充满了现代感，尽管他很少在画面中描绘现代化的景象，但他的作品却给人一种强烈的现代感。他喜欢用紫色，淡淡的雪青色的紫，浓浓的深黛色的紫，有时天空是紫色，有时大地是紫色，有时天地万物都笼罩在紫色中。紫色是一种复杂的颜色，红和蓝巧妙的糅合，既高贵，又暧昧，似乎热烈，却又冷静，其中的蕴涵，很难说清楚，所以给人神秘之感。现实的

山村风景　黄伟明　油画

大自然中并不常见紫色，只是在晨昏霞霭的变幻中，在一些花卉的瓣蕊间，可以发现紫色。那些通篇紫色的画面，一定是画家的别有用心，是一种对自然的独特发现和解释。黄伟明喜欢在他的画板上调制紫色，他用各种各样深浅不一的紫色，大胆地描绘自己的心情，表达他的艺术哲思，叙述只有他自己知道的故事。

在黄伟明的油画中，描绘得最精心具体的，是那些鸟，白色的鸟，黑色的鸟，黄色的鸟，黑白相间的鸟，彩色的鸟，它们是白鹭、海鸥、鹦鹉，还有一些他想象出来的美妙的大鸟和小鸟。鸟周围的环境是含混杂色的，而鸟却清晰无比，鸟的翅膀、羽毛、眼睛、喙，都栩栩如生，画家甚至刻画出了鸟的眼神和表情，我可以窥见它们的欢乐、悲哀、惊喜和期盼。在这些作品中，鸟俨然是天地间的主人。当鸟和人物在同一幅画中出现时，鸟和人处于非常平等的地位，譬如《平等对话》和《向左向右》这两幅画，观者通过画面很容易猜到画家的心思，人和鸟是平等的，天地间所有的生灵，都是平等的。我喜欢这些以鸟为主角的作品，他们引起我美好悠长的联想。

黄伟明告诉我，多年前，在威尼斯的一个花园聚会时，他看到很多白鹭在花园里悠闲踱步，人和白鹭亲密相处的景象，使他感动。这样的景象，在当时的中国罕见，很多人心里还留存着从前围剿麻雀的记忆。那时，中国人的心目中，鸟类是人的食物，人们用枪打鸟，用网捕鸟，用毒药杀鸟，所有的飞禽都可以充饥。40多年前，我还是个孩子，在苏州河畔，我曾经目睹一只自由的鸟遭受的厄运：一只难得在城市里出现的喜鹊，在河堤上悠闲踱步，一个饥饿的船民突然扑上去将它捕捉到手，那是一个面有菜色的女人，她只用不到一分钟时间，就拔光了喜鹊身上的羽毛，一只美丽的大鸟，即刻就变成了一团挣扎着的红色肉球。那只可怜的喜鹊和那女人注视喜鹊时饥饿急迫的目光，我永远也无法忘记。再看看黄伟明的《平等对话》，画面上，一只神气的鹦鹉和一个优雅的女人，鹦鹉目光炯炯，仿佛正在发问，女人却目光迷蒙，似乎被鹦鹉的问题困扰。鹦鹉得意，女人羞怯，是一次趣味十足的谈心。看黄伟明的这幅画，竟使我想起了40多年前苏州河畔那一幕，也是鸟和女人，反差是如此巨大。黄伟明很动情地描绘鸟类，是想唤起人们对生命的热爱，是想表现人与自然的和谐，我想他是达到了目的。

黄伟明的职业是报纸的编辑，绘画只是他的业余爱好。他的业余爱好很多，除了绘画，他还擅长摄影，热衷平面设计和建筑设计，对音乐和话剧也很有兴趣。他说："画画只是我生活的一部分，是一种表达内心的途径，好比一般人写日记一样。"他的这番话，引起我的共鸣。我想，一个人，能找到自己理想的生活方式，并以此来寻求心灵的安慰，描绘自己的梦想，勾勒出理想的境界，那是一种幸福。黄伟明是拥有这种幸福的人。

2006年6月3日于四步斋

神秘天眼

——观喜马拉雅岩画有感

这些装在油画框中的奇妙作品，使我神思翱翔，浮想联翩。

它们是高山岩石的切片，来自世界屋脊——青藏高原。我想称它们为“喜马拉雅岩画”。远古的地壳运动，是这些岩画的成因，它们孕育于亿万年，形成于一瞬间。留在岩石上的斑斓痕迹，是岁月的造化，是大自然的鬼斧神工。岩石肌理中，蕴含着无穷无尽的色彩，潜藏着千变万化的图像。

这些岩画，仿佛汇聚了古今中外的绘画风格，其中似有油画的浑厚，水彩的轻灵，木刻的端庄，素描的活泼，浮雕的凝重，水墨的飘逸。古典和现代，立体和印象，抽象和写意，都交融在岩石的纹路和裂变之中。

凝视这些岩画，眼前风云变幻，万象灵动。天地间有过的景象，在这里都可窥见，人心中掠过的梦想，在这里也能觅得。它们的画面，境界有大有小，情景有动有静。大则宇宙洪荒，江海浩荡，小则幽草片叶，滴水微澜；动则群马狂奔，惊涛拍岸，静则闲云轻绕，月照空山。只要善于想象，可以看到岩画中活动着芸芸众生，隐现

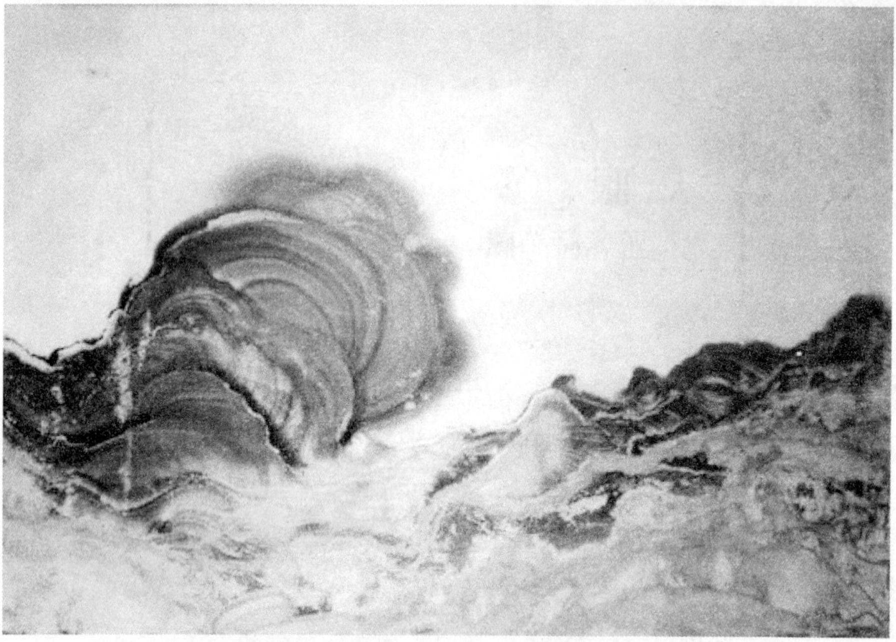

喜马拉雅岩画之一

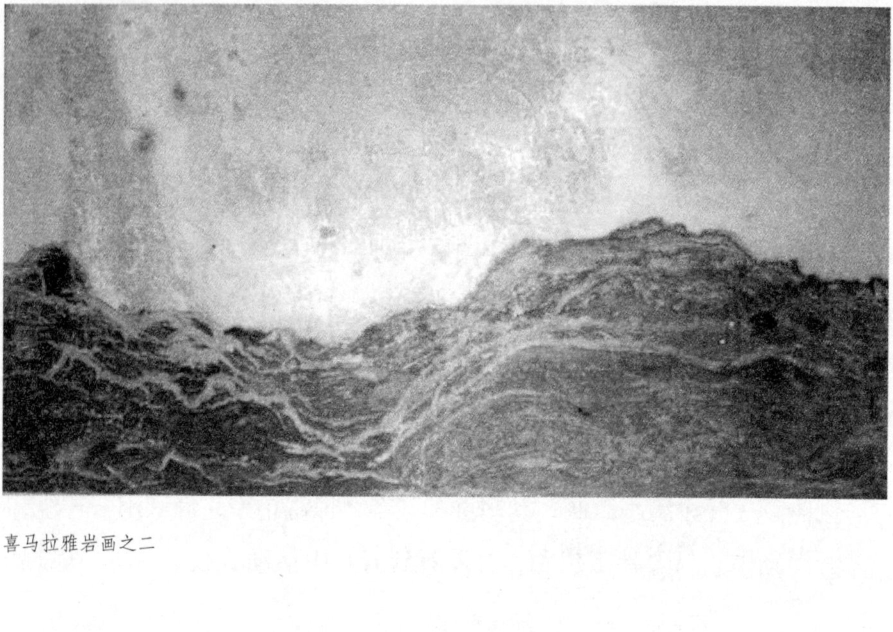

喜马拉雅岩画之二

着无尽天籁。它们如神秘天眼，从亿万年幽暗之中，审视着每一个观赏它们的人，仿佛在问：你，看见了什么？

你看见了什么？我想观者不必在意，见仁见智，见山见水，见人见物，见鬼见神，都是对美的发现，对艺术的憧憬。大千世界，瞬息万变，人人眼里都会有一片新鲜天地。

艺术之奇妙境界，在于能激发观者的想象，共同参与创造，由小及大，由此及彼，发现画外意象，谛听弦外清音。喜马拉雅岩画，小小一片岩石，引人联想到世界的浩瀚和人心的幽邃，岂不妙哉。

2007年初夏于四步斋

画出音乐的节奏
——观甘锦奇油画有感

音乐和绘画，其实有着千丝万缕的联系。无形的旋律和音符，可以表达人心中最微妙复杂的感情，也可以刻画天地间的动人景象，在美妙的音乐中，往往会觉得文字的贫乏。绘画以色彩和线条构筑世间万象，不管是具象还是抽象，画面中总有情感的起伏律动。音乐化无形为有形，而绘画却常常化有形为无形。两种艺术，虽迥然有别，却殊途同归。

绘画如何表达音乐，展现音乐？甘锦奇走出一条属于他自己的成功之路。甘锦奇的油画，大多表现音乐题材，将音乐和绘画融为一体，给人极丰富的联想。画家抓住音乐家一个瞬间的动作和表情，将它们定格凝固在画布上，譬如指挥大师在乐队前神采飞扬，钢琴家俯身在琴键上如梦如醉，小提琴家挥弓伫立，大提琴家抚弦沉思……这些画面，似乎静止单纯，然而面对它们，我却能感受到音乐的旋律和气息扑面而来。画面中的音乐家的形象写实如雕塑，然而他们的周围，仿佛有流动的波浪，有斑斓的光影，有深邃如天空海洋般的蓝色背景。这就完全不同于照相般的写实。这些画面中，有音乐

大提琴家　甘锦奇　油画

回荡。

如果你是爱乐者，有丰富的音乐记忆，那么，甘锦奇的画能引发很具体的联想，那些音乐会的场面，那些熟悉的旋律，那些震撼灵魂的乐章。指挥手中那根小小的指挥棒，挑起了惊天动地的旋律。甘锦奇的音乐绘画中，指挥的表情是清晰的，他们的激情在眼神中，在舞动的手势里，而被指挥棒调遣指挥着的乐队，在画面中却是模糊的，犹如一支疾驰的船队，乘风破浪，行进在波涛和水雾之中。

卡拉杨的音色　甘锦奇　油画

虚实之间，便有音乐在眼前升腾回旋。

甘锦奇有一幅表现霍洛维兹演奏钢琴的画，钢琴家一边弹琴一边低头沉思，沉浸在音乐中，也沉浸在他曾经历的漫长曲折的生命里。霍洛维兹是我喜欢的钢琴家，我常常听他弹肖邦和拉赫玛尼诺夫，80 多岁的老人，那双修长灵巧的手，犹如青春的翅膀，在黑白琴键上飞翔。霍洛维兹已去世多年，但他沉静美妙的琴声还在人间回荡。甘锦奇用他的画笔，将琴声定格在画布上，令人遐想。

我见过甘锦奇为大提琴家马友友画的两幅油画，画面类似，却给读者不同的感受。其中一幅画，是深沉的蓝色调子，描绘的是演奏中的马友友。马友友俯身在他心爱的大提琴上，正倾情演奏，他闭着眼睛，沉浸在琴声里，沉浸在对音乐的遐思中，也许是巴赫，也许是贝多芬，也许是德沃夏克。手挥舞，指翻飞，弓弦相吻，天地间只有大提琴在鸣响，琴声裹挟着灵魂，在深蓝色的苍穹飞翔旋舞。另外一幅，马友友坐在舞台上，一手扶琴，一手持弓，却不在演奏，而是面对着画面在笑，那是发自内心欢悦无羁的笑。可以想象，刚刚结束的一场演奏，曾怎样震颤人心，听众曾在他的琴声中陶醉。当乐曲的最后一个音符在琴弦上消逝，音乐却依然在空气中荡漾，在听者心中萦绕，也在演奏家灵魂中回声不绝。是观众席上轰然而起的掌声唤醒了他，他抬起头来，被听众热情的掌声包围，来不及擦去额头的汗水，粲然而笑。这时，音乐的深沉和激荡已经远去，演奏家在听众掌声的包围中，流露出最本真的快乐，就像一个孩子面对着成功的奖赏。

甘锦奇笔下的音乐题材非常丰富，除了安宁的古典音乐，他也描绘活泼热烈的爵士乐和流行乐，黑人音乐家和他们的小号、萨克管、键盘乐。他也画芭蕾，仙女们翩然起舞，裙裾透明，肢体优雅，表情如梦如幻……这些画面中，同样有音乐的律动，似乎难以捉摸，却赏心悦目，引人进入佳境。

一个东方画家，能用自己的画笔将西方的艺术表现得如此传神，也可算是奇迹了。

2008 年 6 月 2 日于四步斋

西方色彩和东方智慧
——关于孔柏基的绘画

30年前，我曾在上海长风公园参观孔柏基先生的画展，留下极深刻的印象。那是一些用油画棒画在纸上的作品。宝石花繁复的花瓣，从窗台的花盆中垂落，在蓝紫色的斑斓光影中层层叠叠，热烈中透射着冷峻，缤纷炫目却又让人感觉悠远和深邃。我第一次发现，油画棒竟有如此丰富的表现力，也因此记住了孔柏基的名字。

30年来，孔柏基先生一直孜孜不倦地探索前行，走出了一条与众不同的独创之道。在宣纸上画油画，这是一个中国画家对油画这一古老西洋画种的革新。西方的笔调和色彩，自由恣肆地在东方的原野驰骋蔓延。在他的笔下交汇融合的，是西方艺术和东方智慧。在孔柏基的画中，可以看到中国绘画和书法的线条，也有中国水墨般的漾动，无拘无束，如流水飞溅，雪雾弥漫，如电光闪射，云气飘漾，它们似曾相识，却面目全新，它们勾勒渲染出的境界，是遥远而亲切的异域情调。古老的城市，街巷，村庄，教堂，桥梁，海滩，山野，河流，园林；缤纷的花卉，千变万化，在幽暗中绽放出耀眼的光彩；也有人物，异乡的男人和女人，现实和幻想中的人物，

瓶花　孔柏基　油画

北欧行　孔柏基　油画

沉思的忧郁的怅惘的憧憬的眼神……孔柏基的绘画，有梦幻般的色彩和意蕴，画中景象，是现实的叠影，也是梦境的延伸。画家大胆的想象和自由不羁笔墨，将东方和西方融为一体，也将抽象和具象融为一体。

这些年，孔柏基一直生活在美国。我曾几次和他相聚叙谈，惊异于他内心的宁静散淡和思绪的活泼飞扬，这是一个艺术家难能可贵的心态。我可以想象他漫步于异乡的小路，被周围春夏晨昏的美妙风光吸引，而心里却牵挂叠现出故乡的河山、城市和故事。这两者的叠合，成就了他的灵感。

我不是画家，但我由衷欣赏孔柏基的绘画风格，也与他的艺术感觉共鸣。他用油画色彩在宣纸上创造的那些奇妙景象，用文字难以描绘重现，但可以用心来感受。我想，孔柏基的绘画之道，可以给从事其他样式创作的艺术家很多启迪。

2008年6月4日于四步斋

看唐子农画荷

先看到一片迷离沉静的莲荷，后认识画这些莲荷的唐子农。

多年前，在一次画展上，看到唐子农创作的那些与众不同的荷花。仿佛是古人的吟咏在现代人笔墨中的复活，幽暗的底色中，荷花们不慌不忙地展现着它们的精致和优雅。这和喧嚣的现代生活是一种鲜明强烈的反差，犹如酷暑中的一缕微风，几丝清凉。我喜欢这样的莲荷。

古人说：莲花藏世界。这是一句平淡的话，却蕴含着幽深的哲理。花的世界其实和人世相似，人世间没有两张完全相同的面孔，没有两个性格完全一样的人，花也一样，一朵花，就是一个与众不同的存在。在常人眼里，花都是差不多的，差异只是大小和色彩。若细心观察，则风情跌宕，千差万别。所谓“一花一世界”，是佛界箴言，也是花界实情。画家写荷，可贵的就是以自己的独特眼光和个性描绘荷花。同一片莲荷，含苞欲放和蓓蕾初绽时不一样，吐蕊盛开和衰败凋零时不一样，在阳光下，在月光下，在风中，在雨中，又会呈现完全不同的色泽和姿态。观赏者心情的变化，也会使相同的花朵呈现不同的韵致。所以千百年来莲荷在中国画家的笔下常绘

荷花　唐子农　国画

常新，永不重复。

唐子农是一个安静的人，能沉下心来追寻天籁风光，也善于幻想心中的美景。他笔下的荷花，正是他追寻和幻想的结果。他仔细观察过自然界荷花的千姿百态，而这些姿态各异的莲荷到他的笔下，全都带着一种梦幻的色彩，令观者生出无穷遐想。这些莲荷，似乎都在沉思，在等待，在憧憬，看似静穆，却潜藏着飘翔的灵动。

我看唐子农画荷，除了欣赏他的笔墨，也可以想象他的精神世界。眼前莲荷摇曳，纸上暗香浮动，耳畔仿佛有清风拂来。面对唐子农的荷花，心生共鸣，遂写下这些文字，留一个纪念。

2008 年 6 月于四步斋

石库门的灵魂
——李守白和他的作品

石库门是上一个时代的建筑，这些上海特有的民居，中西合璧，成为建筑史中的一个奇迹，它们承载了将近一个世纪的上海市井生活，上海人的喜怒哀乐，浸透在这些砖木结构的楼房中，渗透在那些斑驳多彩的弄堂里。画家李守白将视线凝集在上海的石库门中，以他斑斓的画笔，独特的个性和奇妙的想象力，营造出一片引人入胜的艺术天地。

李守白画石库门，不满足于写实，再精美细致的写实，如果不能揭示其内涵和精神，也可能流于肤浅。李守白熟悉石库门，这也许和他童年和青少年时代的生活密切相关。他不仅了解上海弄堂，熟悉石库门构织出的色块、线条和繁复图景，也了解生活在石库门中的人，熟悉石库门里的生活，那种萦回在砖木之间的温馨烟火气息，那种“螺蛳壳里做道场”的无奈、机智和幽默，绝非简单的画面能够表现。李守白画建筑，也画在建筑中活动的人，建筑只是生活的舞台，人才是画中的主角。即便画中无人，读者依然可以感受到环境中留下的人迹。他的画，是人和建筑的融合，由此画出了石库门

石库门景象　李守白

中缤纷浓郁的生活气息和上海人的精神轨迹。

艺术的品格，贵在独创。李守白画上海的市井生活，找到了属于他自己的独特风格。他的画风繁复绵密，却不失灵动。精致逼真的环境中，活动着变形夸张的人物，两者互相映衬，形成奇特的效果。李守白的画中人，大多表情开朗，尽管环境逼仄，似乎都能微笑面对。这样的画面，让人感受到对生活的热爱，也是画家对上海人精神境界的一种赞美。

李守白的画，不同于传统的国画和年画，也不同于水彩、水粉、版画和油画，让人一时难以确定他的作品属于哪一画种。我的感觉，他似乎是吸收了所有这些画种的长处，将它们融汇于自己的作品中，让人感觉面目新颖。除了绘画，他的创作还涉及剪纸，塑陶，主题仍是石库门中的上海市井生活。

在李守白的作品中，我看到了一个艺术家可贵的探索和创造精神，也感受到了他对故乡执着深挚的感情。

2008 年 8 月 29 日于四步斋